Aziz
Nesin

Surnâme
Man bittet zum Galgen

Zu diesem Buch

›Surnâme‹ war in den Zeiten des osmanischen Reiches ein Festgedicht zu Lob und Preis der Sultansfamilie. Aziz Nesin hat ein Surnâme auf die Justiz einer Demokratie geschrieben, die Hinrichtungen als Volksfeste inszenierte – und das bis in die sechziger Jahre.

In einer großartigen Satire erzählt Nesin vom kurzen Leben und langen Leiden des Barbiers Hayri und von den vielen Mühen, die dem Staate erwachsen, diesen ordnungsgemäß vom Leben zum Tode zu befördern. Daß dabei ein ergreifendes Pamphlet gegen die Todesstrafe und eine präzise Chronik der gnadenlosen Hierarchien in türkischen Gefängnissen entstehen, wirkt fast unbeabsichtigt.

Der Autor

Aziz Nesin, geboren 1915 als Kind anatolischer Immigranten in Istanbul, starb in der Nacht vom 5. zum 6. Juli 1995 in Çeşme. Nesin gehört zu den bedeutendsten Autoren zeitgenössischer türkischer Literatur. Berühmt wurde er vor allem durch seine bissigen politischen Satiren. In über 200 Prozessen versuchte man, ihn zum Schweigen zu bringen.

Sein umfangreiches Werk wurde in über 30 Sprachen übersetzt und international vielfach ausgezeichnet. 1993 wurde ihm die Carl-von-Ossietzky-Medaille verliehen. Er war Ehrenmitglied im deutschen und britischen PEN.

Aziz Nesin

Surnâme
Man bittet zum Galgen

Aus dem Türkischen von
Gisela Kraft und
Semiramis Aydinlik

Unionsverlag
Zürich

Die türkische Originalausgabe erschien 1976
unter dem Titel *Surnâme*
in Istanbul.
Die deutsche Erstausgabe
erschien 1988
im Verlag Eremiten-Presse,
Düsseldorf.

Unionsverlag Taschenbuch 66
Diese Ausgabe erscheint mit freundlicher Genehmigung
des Verlags Eremiten-Presse, Düsseldorf
© by Unionsverlag 1996
Rieterstrasse 18, CH-8059 Zürich, Telefon 01-281 14 00
Alle Rechte vorbehalten
Umschlaggestaltung: Heinz Unternährer, Zürich
Umschlagfoto: Lorie Novak
Druck und Bindung: Clausen und Bosse, Leck
ISBN 3-293-20066-4

Die äußersten Zahlen geben die aktuelle Auflage
und deren Erscheinungsjahr an:

1 2 3 4 5 - 99 98 97 96

Vorrede

Da es den hier und heute Lebenden ansteht, ihr Wissen und ihre trüben Erfahrungen den später Geborenen mitzuteilen, wo nicht für künftige Generationen schriftlich zu fixieren, habe auch ich Armseliger und Einsamer, wohnhaft in einem Haus des Sunar-Viertels, Stadtteil Ören, Kreis Burhaniye, eines Freitag nachts, genauer, in jener vom dreizehnten auf den vierzehnten Februar neunzehnhundertdreiundsiebzig, gegen drei Uhr früh, als aus der Schwärze schon das Blau des Tages aufdämmerte, eben dieses Galgenbuch zu schreiben begonnen. Möge mir nur das eine gewährt werden, daß meine Tage hinreichen, zusammen mit meinen Freunden, Genossen oder gar Feinden noch viele weitere zu verfassen.

Im selbigen mühe ich mich, ausführlich darzustellen, wie ein Ruch- und Ehrloser namens Barbier Hayri auf dem Sultan-Ahmet-Platz aufgeknüpft wurde und wie die versammelte Menge dieses Schauspiel mit den Jubelrufen begleitete: Gott sei Dank! Recht und Gesetz haben zugeschlagen! So retteten wir unseren eigenen Kragen! Der Schlingel hat seinen Kopf in der Schlinge, nicht wir! Wie ferner die Verwaltungsbeamten, der Staatsanwalt, der Gendarmeriekommandant, der Vorbeter sowie der Henker Ali einträchtig bemerkten: So enden die Sünder! Wie sie alsdann diensteifrig die Todesstrafe vollstrecken und keinen Schweiß scheuen, dem Volk eine Lektion zu erteilen, welche selbiges in höchstes Vergnügen versetzte. Wer aber dem Ereignis beizuwohnen keine Gelegenheit hatte, der möchte auf diesem Wege am Ende den Eindruck gewinnen, er habe alles mit eigenen Augen gesehen. Solchermaßen getröstet über den Sieg der Gerechtigkeit, wird sich zur Fleckenlosigkeit seines Gewissens die Sorglosigkeit hinzugesellen. Gemäß dem Dichterwort des Nefti:

Bitte, drei Kilo Innerei'n!
Eine Scheibe Gewissen darf's auch noch sein!

Bekanntlich berichtet eine ›Surnâme‹ genannte Chronik von wahrhaft feierlichen und erfreulichen Anlässen, als da sind Hochzeiten und Beschneidungen, zum zweiten hat sich ein solches Festbeschreibungsbuch kaum jenen gewidmet, denen es am Geld für den Brotkauf mangelt oder die ein widriges Schicksal gar ins Gefängnis warf, sondern hochwohlgeborenen osmanischen Kronprinzen und Prinzessinnen.

Gewöhnlich währte ein Hoffest ganze vierzig durchsessene, verfressene und alltagsvergessene Tage und Nächte. Leider wurde bis heute versäumt, ein republikanisches Surnâme zu verfassen, wo von völlig andersartigen, möglicherweise billig und bitteren

Zusammenkünften unserer Menschen zu lesen gewesen wäre. Nun hat das Kismet gerade mich Unwürdigen dazu ausersehen, diese Lücke zu schließen – eine Ehre, die mich beseligt.

Ein jeder von uns neigt irgendeiner Seite zu. Was meine Wenigkeit betrifft, so habe ich peinlichst zu vermeiden versucht, nach der einen, der rechten, linken, oberen, unteren oder anderen Seite auch nur eine Handbreit vom lauteren Pfad der Wahrheit abzuweichen. Daß ich anstelle des Bäkkers Ali den Barbier Hayri hinrichten lasse, mag der Leser verzeihen, da es den Sinn dieses unseres letzten prächtigen, im Beisein der Volksmassen durch- und zum guten Ende geführten Galgenspektakels nicht entstellt, der da lautet: Wird der Tiger erschlagen, hält sich der Luchs für eine Hauskatze!

Wie alles sich denn zusammenfügte und -fädelte, bis hin zu den vier bedeutenden Tagen der Verwahrung des Täters im Anstaltskeller, der Aufstellung des Galgens, der machtvollen Fahndung nach dem Hinrichtungspersonal und der Vollstreckung des Todesspruches, will ich dem teuren Leser wortreich vor das innere Auge führen. Also sage ich und ergreife das Wort.

1. Kapitel

Wie der Barbier Hayri hinter Schloss und Riegel kam

Es war eines späten Nachmittags. In einem Kellerraum des Justizgebäudes kauerten die frisch Geschnappten und die Langzeitler, die man in Handschellen zur Verhandlung hergebracht hatte, beisammen. Das Verlies war fensterlos. Manche hockten, den Rücken an die verschmierte Wand gelehnt, auf den Knien, die anderen saßen nach Art des ›Gänseausruhens‹ auf ihren Fußsohlen. Sie warteten auf den Abtransport ins Gefängnis. Zigarettenqualm mischte sich mit Schwaden von Haschischdunst (Kennwort: Blondine) sowie dem Atem bis ins Innerste verrotteter Menschenwesen und schwebte wie Tüllfetzen hinauf in den schwachen Lichtschein der Deckenfunzel. Süchtlinge feierten heute und hier ihren Festtag. War ihnen doch oben im Flur, unter den Augen der Gendarmen, von mitfühlenden Unbekannten das eine oder andere Päckchen zugesteckt worden, das sie hastig verwahren. Der ebenso lästige wie vergebliche Verhandlungstermin geriet so zur reinen Vorfreude auf die Genüsse in der altvertrauten Finsternis. Da saßen sie, schlürften und sogen an ihren Lullen. Einigen fraß sich die

Glut der Kippe durch die gelbe Haut ihrer Fingerkuppen. Andere hielten die Augen noch offen. Ihre Pupillen waren nach oben weggerutscht, und das Weiß ihrer Augäpfel hatte sich schleimig verfärbt.

Die Tür ging auf. Ein Gendarm stieß einen jungen Mann herein. Die Tür schlug zu, und der Schlüssel knackte im Schloß.

Wer seiner Umwelt noch nicht ganz entsagt hatte, stieß einen Pfiff aus, wie einfältige Männer tun, wenn auf der Straße ein Mädchen vorbeigeht. Einer der abgefeimtesten Mutterzwirnverkäufer stieß seinen Nachbarn mit dem Ellbogen an und kicherte: »Du! Für König Kamil geht heute die Sonne auf!«

Es entstand ein Gemurmel.

»Hallo, Süßer, übersteh's gut!«

»Möge es vergangen sein, Muhme!«

»Gute Besserung, Kumpel!«

Der Junge flüsterte: »Danke, gleichfalls.«

»Wobei hat es dich denn erwischt, Muhme? ...«

Der junge Mann war einundzwanzig Jahre alt, sah aber kindlicher aus. Der Flaum seiner Wangen war aprikosenfarben. Dunkle Flecken sprangen über sein Gesicht.

»Ich bin der Barbier Hayri ...«

Ein Ach! und Oh! ging durch die Runde. Dieser Schandtäter? Nein. Der Meuchelmörder, von dem in den letzten Tagen die Zeitungen überquollen? Unmöglich.

Die Presse hatte folgende Straftat bekanntgegeben: Eine Person namens Hayri, Barbier und Besitzer eines Barbierladens, erdrosselt den sechsjährigen

Sohn eines Nachbarn, schändet die Kindesleiche und verscharrt sie im Erdboden.

Doch verlassen wir nun den Kellerraum des Justizgebäudes mitsamt seinem Neuankömmling und gehen über zu dem schon erwähnten Subjekt König Kamil, den wir folgendermaßen zu beschreiben versuchen: König Kamil, Gesichtsfarbe dunkel, Augen: schwarzschaligen Käfern ähnlich, der niemals lacht und niemanden lachen macht, der sein Leben vornehmlich in Kerkern verbracht sowie, wenn nicht dort, in Quartieren wie Ziba, Tophane, Galata, Kemeralti sein Wesen trieb, von Dirnen Tribut nahm oder mit Strichjungen sich den Tag vertrieb, ist ein menschengestaltiges Ungeheuer. Niemandem ist vor ihm geheuer. Weder zahlte er Steuern, noch war er Soldat, noch gab es eine Arbeit, die er je tat. Er weiß einen Zweizeiler auswendig, das ist alles:

*Sechs mal sechs ist sechsunddreißig,
In Kemeralti sext man fleißig.*

Im Sultan-Ahmet-Gefängnis war König Kamil einer der drei Abteilungsbosse, die die Anstalt einschließlich ihrer Belegschaft untereinander in Ausbeutungsreviere aufgeteilt hatten. In der zweiten Abteilung kassierte er den Einsatz der Glücksspiele. Haschisch-, Heroin- und Opiumhandel lagen in seinen Händen. In seiner Privatkemenate, zu beiden Seiten seines aus drei Matratzen aufgeschichteten Diwans, standen rund um die Uhr zwei Jünglinge, die im Umgang mit Messer, Spieß, Dolch, Schlagring, Revolver sowie mit der Elefantennerv genannten Peitsche bestens geschult waren und all diese Gegenstände am eigenen Leib zu verstauen hatten, weshalb auf ihren Herrn bei Waffenrazzien nie ein Schatten fiel. Das Privileg, das die Bürschchen hierbei genossen, bestand in der erstklassigen Ausbildung, die ihnen nicht zuletzt die Chance auftat, selber zum Boß vom Schlage Kamils heranzureifen.

Greifen wir an dieser Stelle voraus und erwähnen das Ende König Kamils, zumal wir darauf nicht noch einmal werden zu sprechen kommen. Nach seiner Freilassung durch Generalamestie waren keine vier Wochen vergangen, da fand man seine Leiche, angefault, in einer Absteige des Stadtteils Fatih.

Zurück zu Hayri. Am Abend hatte man die Neuankömmlinge mit den Altbackenen zusammen, die Handschellen aneinandergekettet, im roten Gefängnisauto in die Anstalt geschafft. Die Wärter nahmen die Neuen in Augenschein. Der Oberaufseher, der über treffliche Menschenkenntnis verfügte, besah sich den Barbier nach Strich und Faden und rief: »Steckt den Kleinen nicht in Quarantäne, sondern in die Knabenzelle!«

»Nicht doch!« rief ein Häftling zurück, der auf Grund seines milden und freundlichen Wesens sogar den Wärtern zur Hand gehen durfte. »Was ihm dort passiert – nicht auszudenken!«

War doch die Knabenzelle nicht nur ein Sammelsurium von strammen Jugendsträflern, sondern noch dazu eine Art Abfallkübel für unbrauchbare Spitzbuben jeden Alters, mit denen nicht einmal die Bosse vom Muster Kamils etwas anzufangen wußten. Ein blondes Bürschlein, unbedacht dort untergebracht, war von der ganzen Horde überfallen und zu Boden gequetscht worden wie Gulliver im Zwergenland. Als er, seines Hemds und der Unterhose verlustig, sich noch einmal aufrappelte, schnob aus den Ecken ein weiteres Knabengeschwader und begrub ihn unter sich, bis ihm die Puste ausging.

An besagten Vorfall erinnerte der freundliche Häftling den Oberaufseher mit einem Blick. Jener meinte: »Steckt ihn eine Nacht in Quarantäne – und dann seht zu.«

Für alle, die vom Außentermin zurückkehrten, war Leibesvisitation angesagt. Die Süchtigen passierten sie unbehelligt. Trugen sie irgend Stoff an sich, so hatten sie diesen eingewickelt heruntergeschluckt. Anschließend nahmen sie Abführmittel, hockten sich auf den Abtritt und warteten, daß das Päckchen auf dem hinteren Umweg wieder zum Vorschein käme.

Neue kamen nach der Kontrolle sogleich ins Hamam. Der Name Hamam war geprahlt. Es handelte sich um einen nassen, dampferfüllten Verschlag, aus dem sie schmieriger denn je wieder hervorgingen. Voll Ekel quälten sie sich in ihre Kleider, die angesengt rochen und bis zur Unkenntlichkeit zerknittert waren, denn man hatte sie, zum Zweck der Bakterienvernichtung, in einen Desinfektionsapparat geworfen. Es folgte der Gang zum Friseur und der Kahlschnitt. Der Gefängnisbarbier, der Hayri den Kopf scheren sollte, sagte: »Bist du nicht einer von uns? Kann ein Barbier einem anderen etwas zuleide tun?« und ließ ihm die Stirnlocken stehen sowie einen ansehnlichen Flaum rund um den Schädel.

Als Hayri bei Nachtanbruch in seiner Quarantänezelle lag, saß der freundliche Häftling bei König Kamil und schwärmte: »Das hält keiner aus! Ein Augenschmaus! Nicht auf dieser Erde zu Haus! Der silbrige Nacken! Die Milchreisbacken!«

Es hatte sich in der Anstalt so eingespielt, auf König Kamils Wünsche Rücksicht zu nehmen. Als man den Oberaufseher davon verständigte, der knusprige Kleine sei sicherheitshalber der Obhut und Obrigkeit König Kamils anheimzugeben, äußerte jener keine Bedenken. Hayri bezog bereits am nächsten Morgen sein neues Logis, gemeinsam mit vier anderen Anfängern, die länger als er in Quarantäne gelegen hatten.

König Kamil begann sogleich mit dem Abschreckungsprogramm. Die Folge der Kniffe war nicht von einem erbärmlichen Lüstling mit Namen Kamil erdacht, sondern seit Urzeiten, als die Erde entstand und die ersten Gefängnisse gegründet wurden, vererbt und verfeinert worden.

Rechts in der Kammer lagen die mit Schafwolle gefüllten Matratzen übereinander: Kamils Diwan. Darüber war ein Gebetsteppich gebreitet, darauf ein Fell. An der Mauer über dem Lager prangte ein seidenes Wandbild. In einer hinteren Ecke stand der Teekocher. Hier also residierte König Kamil, sofern er nicht im Bett lag, auf den Korridoren umherstrich oder Spielkarten in Gang setzte.

Er saß im Schneidersitz auf dem Thron, großmustrige Kissen im Rücken und unter den Ellbogen, und ließ den Rosenkranz aus üppigen Bernsteinperlen leise knirschend durch die Finger gleiten. Um die fünf vor der Tür eintreten zu lassen, rief er mit schneidender Stimme: Herrrein! Suleiman der Prächtige hätte es nicht furchterregender herausgebracht. Die fünf stolperten in die Zelle, Hayri als letzter.

Kamil zum Kammerdiener: »Zeig ihnen, wo sie sitzen sollen.«

Der Kammerdiener: »Setzt euch hierher.«

Die fünf kauerten sich eng aneinandergepreßt auf den Boden, wo schon ein paar andere Männer saßen.

In König Kamils Gesicht gab es nur einen Schnurrbart und zwei Augen. Der Schnurrbart begann unter den Nasenlöchern und lief in gerader Linie den Backenknochen zu. Die gezwirbelten Enden, die König Kamil mit einem aus Haselnußkernen gewonnenen öligen Ruß zu schwärzen pflegte, zeigten, aufwärtsgebogen, wie Pfeile auf die Pupillen, die aufgestörten schwarzen Käfern glichen.

Die Augen erinnerten Hayri, an wen denn, ja, an den Vater des Kindes, das er erwürgt und vergraben hatte, genau an ihn, der in sprudelnden Teekesseln verbrühen, an vierzig Maultierschwänzen über Land geschleift krepieren möge, dem sie die Haut abziehen, das Fleisch Scheibe für Scheibe abkneifen und die abgezogene Haut mit Stroh stopfen sollen. Zwar waren die Augen des Kerls nicht schwarz, sondern blau, wie Glasperlen. Auch hatte er keinen Schnurrbart wie Kamil, und sein Haar war blond. Es mußte die Grausamkeit sein, die ihre beiden Gesichter zu einer einzigen Fratze übereinanderschob.

»Koch Tee für die Leute!« brüllte Kamil zum Herdjungen.

Der Tee war längst fertig. Der Herdjunge goß ihn in schmale Gläser, geschwungen wie Mädchentaillen, stellte die Gläser auf ein Henkeltablett, der Kammerdiener nahm das Tablett, reichte das erste Glas König Kamil und verteilte die übrigen an die Gäste.

König Kamil richtete seinen Blick auf die Anwesenden.

»Übersteht's gut, Freunde!«

Ohne Zweifel, dieser Hayri entsprach in seiner Appetitlichkeit allen geweckten Erwartungen. Kamils Wahl war getroffen.

Die Neuen murmelten: »Dank und Wohlergehen, Herr.«

Der Kammerdiener ging an Kamils Diwan vorüber auf einen der Teetrinker zu, da klatschte eine Ohrfeige. Der Kammerdiener, mitsamt Tablett, flog durch die Luft, überschlug sich zweimal, prallte an die gegenüberliegende Mauer und sackte zu Boden.

In der darauffolgenden Stille hätte man das Flügelschlagen einer Fliege vernehmen können. Nur König Kamils Rosenkranzperlen klickten in regelmäßigen Abständen.

Die Neuen waren ratlos. Litt König Kamil an ausfahrenden Bewegungen? Hatte der Diener die Spitze seines Zehs berührt?

»Wer an mir vorbeigeht, hat nicht zu husten, räudiger Hund!«

Hatte es nicht schon im Hamam, beim Friseur, in der Quarantänezelle geheißen: Vorsicht, Kamil! Macht einen Bogen um die Bestie! Was ein Anfänger nicht durchschaut, war das meisterhaft einstudierte Schauspiel, dem beizuwohnen er hier die Ehre hatte, vom Warngeflüster bis zur Ohrfeigennummer. Gerade letztere erforderte höchste Virtuosität. Der Ohrfeigler hatte die eigene Wange so geschickt gegen König Kamils Handfläche schnellen zu lassen, daß Absprung, Salto, Auf- und Niederprall ganz lässig und schlüssig aus der Geste hervorgingen. Den Zuschauern sollten sich vor Angst die Lippen in Blasen werfen, und sie sollten stammeln: Bei Allah! Welch eine königliche Ohrfeige, deren Wind einen ausgewachsenen Menschen über unsere Köpfe hinwegwirbelt! Die Wirbelkünstler ihrerseits waren zumeist Heroinsüchtige, die nach gelungenem Auftritt ihrer Belohnung in Form eines gewissen Päckchens entgegensahen wie ein Hündchen dem Zuckerstück.

Barbier Hayri hatte seine rosige Farbe verloren, sein Gesicht war aschfahl.

Der Diener erhob sich schluchzend, wischte sich mit dem Jackenärmel über die Augen und ging daran, die leeren Gläser einzusammeln. Er begann bei einem der älteren Männer. Der zog einen Hundertlirerschein aus der Tasche, klemmte ihn zwischen Teeglas und Untersetzer und stellte beides auf das Tablett zurück. Der Diener sagte: »Danke, Boß!« und trat vor den nächsten. Dieser zückte nur einen Fünfer, woraufhin der Diener ihn anfuhr: »Laß ihn stecken, Vater, deinen Hamamgroschen!«

»Hamamgroschen? Schurke! Dafür säße dir bei uns schon eine Kugel im Kopf!«

Es war nun einmal so, daß man mit keinem Wort einen Mann gröber beleidigen konnte. Sag Hund, sag Hure zu ihm, aber sag nicht Hamamgroschen! Wenn hier schon der Diener solche Töne pfiff – was würde dem Herrn noch entfahren! Der also Gekränkte griff denn auch schleunigst in die Tasche, förderte einen Hunderter zutage und legte ihn neben den Fünfer.

Den Neuen mochte vielleicht entgehen, daß auch dies eine Szene war, erprobt und mit sicherem Ausgang. Doch ging ihnen auf, spätestens jetzt, daß ein Übersteh's-gut-Tee in diesen Hallen nicht unter hundert Lira genießbar wäre.

Inzwischen stand der Diener vor einem der fünf. Er hielt ihm das Henkeltablett vor die Nase und sang: »Allah errette dich!«

Dieser war reich. Geld für Gunst – nichts leichter als das. Er packte zwei Hundertlirascheine zusammen mit Glas und Untersetzer auf das Tablett. Jeder der nächsten drei gab einhundert Lira.

Hayri schwamm im Schweiß. Beim Abschied hatte seine Mutter ihm weinend fünfzig Lira in die Hand gedrückt, ihr Erspartes. Mehr besaß er nicht. Der Diener stand vor ihm und schnurrte schon zum zweiten Mal: »Allah errette dich!«

Hayri rollte seinen Fünfzigliraschein auseinander und ließ ihn auf das Tablett fallen.

König Kamil, aus den Augenwinkeln, mit einer Gebärde, als verschenke er Landgüter: »Laß das. Du kannst es noch brauchen. Als Schwerverbrecher …«

»Los, nimm. Unser Boß hat gesagt, du sollst es einstecken!« drängte der Diener.

Der Barbier Hayri nahm das Geld wieder an sich.

Die nicht mehr neu waren, grinsten einander hämisch zu. Denn soeben hatte König Kamil den Barbier in seine Knabenauslese eingereiht. Aber da war noch ein Haken. Unser leckeres Höschen namens Hayri war zum Tode verurteilt. Und sich an einem Todesanwärter gütlich zu tun, widersprach in gewisser Weise der Hausordnung. Also, abwarten.

Es war an der Zeit, die Gäste zu fragen, wobei sie sich hatten erwischen lassen.

»Was treibst du?« fragte Kamil den nächstbesten.

»Ich bin Kassierer.«

»Unsinn! Will ich das wissen? Weshalb du hier bist!«

»Wegen nichts!«

Kamil verkniff das Gesicht. Er fragte den zweiten. Die gleiche Antwort. Und so fort. Schuldig saß niemand hier ein.

»Euch hat man wohl in der Moschee aufgesammelt!« krächzte König Kamil. Hiermit war der Befehl zum Gelächter ergangen.

Hayri war an der Reihe.

»Und du?« fragte Kamil.

Hayri sagte nichts. Er senkte den Kopf. Das Gelächter verstummte.

»Du bist nicht etwa – der Barbier Hayri?«

Hayri nickte.

König Kamil streckte ihm seine linke Hand hin.

»Übersteh's gut, mein Löwe. Was kann einem Helden nicht alles zustoßen. Komm her zu mir, setz dich an meine Seite.«

Hayri wankte zu Kamils Diwan, stieg hinauf und kauerte sich auf den Rand des Schaffells.

2. Kapitel

Wie der Barbier Hayri
ohne es zu wollen
auf die schiefe Bahn geriet

Vor der Hoftür der Zweiten Abteilung, wo eine mit Marmorfliesen belegte Plattform eine Art Terrasse bildete, saßen die vornehmeren Häftlinge auf Stühlen, die übrigen auf den Treppenstufen. Ihnen gegenüber, im Schatten der Mauer, kauerten weitere fünf, deren Rang in der Erlesenheit der Verbrechen bestand, die sie begangen hatten.

Da war einer, siebzig Jahre alt, eingeliefert mit neunundsechzig, der das fünfjährige Töchterchen seines Nachbarn mit den Fingern entjungfert und flugs, ehe es zu weinen anfing, ihm die Kehle zugedrückt hatte. Passenderweise trug er den Spitznamen *Fingerfummler*.

Die Geschichte des zweiten, der Fingerfummler an Jahren noch übertraf, war weitschweifiger. Er hatte einmal unter armen Leuten wegen seiner Rente als reich gegolten und sich ein junges unbedarftes Ding zum Weib genommen, ohne indessen mehr in der Lage zu sein, gewisse eheliche Pflichten in der gehörigen Form abzuleisten. Jeden Abend schürzte er sich mit einem strammen rosigen Gegenstand aus Plastik, mit dessen Hilfe er sich des Geschlechtsverkehrs tapfer entledigte. Da die Kleine ohnehin nicht wußte, was wo wuchs und wozu es gut war, merkte sie nichts. Eines Abends jedoch ging etwas schief. Der Alte, nach getaner Arbeit erschöpft, schlief ein, wie er war, mit einem Körperteil zuviel. Alsbald schnarchte er so laut, daß man noch im Nachbardorf meinen konnte, ein Ochse werde notgeschlachtet. Außerdem träumte er schlecht und strampelte Kissen und Decke weg.

Sein besorgtes Weib warf sich ebenfalls unruhig hin und her. Plötzlich stieß ihre Hand an etwas Steifes. Sie griff zu und erkannte, worum es sich handelte. Merkwürdigerweise kam es näher, je heftiger sie daran zog. Ein Ruck, und sie hielt es in Händen, während der Gatte einen knappen Meter entfernt auf dem Lager lag.

Kein Zweifel, sie hatte dem Mann sein Gemächt ausgerissen. Ihr Geschrei gellte durchs Dorf, und wer sich noch der Grunz- und Schnarchlaute des Gemahls erwehrt und die Decke über den Kopf gezogen hatte, sprang jetzt auf die Füße und lief dem Haus der Jungvermählten zu.

Inzwischen war auch der Alte erwacht und sah, was geschehen war. Nun ist die Männlichkeit eines Mannes eine Eigenschaft, die keiner antasten sollte, geschweige denn, sie ausreißen, und hänge sie ihm noch so vordergründig an. Der Alte, aus Angst vor Schande, rannte zur Schublade, holte sein Rasiermesser heraus und stieß es der Frau in die Gurgel. In diesem Augenblick schlug jemand mit Fäusten gegen die Haustür.

Das Häuflein Dorfbewohner, das beklommen

auf der Gasse stand, befürchtete, daß irgendein Unglück sich zugetragen, vielleicht dergestalt, daß zur finstersten Stunde der Nacht, wenn selbst Vögel und Wölfe im Schlaf liegen, der Satan sich über den Greis hergemacht und diesem den Arsch zugekniffen habe. Mithin, die Braut sei über den Anblick der Leiche erschrocken und schreie um Hilfe.

Welche Erleichterung, als der Totgeglaubte aufrecht im Türrahmen stand und ruhig fragte, was sie denn wünschten. Sein Weib habe ein Alpdrücken gehabt und im Schlaf ein wenig gejammert. Vielen Dank, gute Nacht, Freunde.

Wieder allein, schnitt der Alte der Frau den Kopf ab, den Rumpf und die Glieder in Stücke, steckte alles in einen Sack und diesen wiederum in einen Koffer. Mit dem Koffer ging er am frühen Morgen auf Reisen. Als er zurückkam, behauptete er, die Frau wegen ihrer Depressionen für eine Weile bei ihrer Familie gelassen zu haben. Doch es half nichts. Die Sache kam doch heraus. Neuer Rahmen, neuer Namen. Man nannte ihn hier im Hause den *Plastikzipfler*.

Der dritte der fünf, die an der Mauer hockten, war Bauer gewesen. Er hatte mit seiner Mutter in einer Kate gelebt, eine Stube und einen Stall groß. Als Grenzgendarmen seinen Vater beim Schmuggel erwischten und niederstreckten, war er neunzehn, die Mutter keine zweiunddreißig Jahre alt. Der Sohn, Sülüman, wollte heiraten. Was aber sollte aus seiner Mutter werden, wenn er den knappe vier Dönüm schmalen Acker, aus dem sie kaum das Korn für das tägliche Brot herausholten, seinem künftigen Schwiegervater als Brautpreis würde hergeben müssen? Und wozu eigentlich heiraten? Ließ sich die Sache nicht innerhalb der Familie bereinigen? So sagte eines Abends im Bett, als Sülüman wiederum bettelte: Mammi, ich brauche ein Weib!, selbige einfach: Neben dir liegt eins. Alles weitere gab die Natur. Auf diese Weise rettete die Frau ihren Streifen von Acker.

Ein klarer Fall, doch einige Zeugen sahen ihn genau andersherum.

Die Mutter, ein knackiges Weib von einunddreißig Jahren, suchte einen Mann. Dem Sohn stand also bevor, daß sein künftiger Stiefvater ihm das vom leiblichen Vater geerbte Feld fortnahm, ja, möglicherweise ihn aus dem Haus jagte. Wenn sie nur das eine wollte – nun, nichts leichter als das. Es war eine heiße Sommernacht. Die Mutter wälzte und entblößte sich, bis scheinbar schlaftrunken der Sohn sich über sie rollte, und so weiter und so fort. Auf diese Weise rettete der Sohn seine Scheibe Acker.

Fest stand nur der Fakt der Ödipus-Sünde um eines Fetzens Acker willen. Über ein kurzes wurde die Frau schwanger. In der Nacht, als die Wehen einsetzten, drehte Sülüman ihr den Hals um. Was immer er später an Ausreden vorbrachte, der *Muttervögler Sülüman* blieb er nun einmal.

Der vierte der Gruppe war unbedeutend. Koitus mit Nahverwandten hieß sein Delikt. Jahrelang hatte er seine Schwester benutzt, danach, als diese geflohen war, seine Tochter. Zu Tode gekommen war niemand.

Um so mehr durfte Nummer fünf sich sehen lassen, *Admiral David,* ein Leichenschänder. Er trug Uniform und schmückte seine Brust mit einem Sammelsurium an Schleifen, Blechabzeichen und selbstgebastelten Orden aus Knöpfen und Flaschendeckeln. Er war ein Ästhet auch insofern, als er nur frisch beerdigte Leichen aushob, um seine Lust zu befriedigen. Länger Verwestes hätte ihn abgestoßen. Ob männlich oder weiblich, galt ihm gleich. Er wurde erwischt mit einem Sarg auf der Schulter, unterwegs zu einer Höhle in der Stadtmauer. Auf dem Revier gab er an, seine Mutter sei gestorben, aber ihm fehle das Geld zum Begräbnis, weshalb er sie eigenhändig habe bestatten wollen. Hiervon wären die Beamten sicherlich gerührt gewesen, doch leider öffnete man den Sarg und fand einen Jüngling darin.

Diese fünf also flezten sich an der Mauer, während die größere Gruppe unter der Tür sich einem heiteren Schwatz hingab.

Zwei jüngere Männer strichen ruhelos umher. Einer der beiden hatte schon König Kamils Lüsten und Launen gedient, jedoch, zum eigenen Besten, als eine neue knusprige Schranze im Anzuge war, rechtzeitig den Platz geräumt. König Kamil in seiner Großmut brachte ihn in der Wäscherei unter, wo immerhin ein paar Kurusch zu verdienen waren.

Fürwahr, in diesem Gefängnishof hatten schon Generationen Gestrauchelter und Gescheiterter ihre Wut spazierengeführt. Da kam ein Neuling, treuherzig, frischbacken, mit einer läppischen Sünde auf dem Gewissen, da stolzierten die Fünfjährler und Zehnjährler herum, in deren Herzen die Spieße der

Bitterkeit und Niedertracht steckten, und da hockten die Abgetakelten, deren Brust ein einziges Bekken brodelnder Mordsucht, begangener Schandtaten und sich fortzeugenden Grauens und Greuels geworden war. Auch König Kamil hatte einmal jung angefangen, schneite fünfzehnjährig hier herein, wurde von mancherlei fabelhaften Bossen geprägt und gepäppelt und wußte sich nun, nach einem doppelten Dutzend von Anstaltsjahren, keiner Träne und keines Traums mehr fähig.

Unter einer anderen Tür, es war der Eingang zum Verwaltungstrakt, saßen noch drei Personen, gut gekleidet, von denen der mittlere, ein Herr mit Brille, eine Krawatte trug, die er angeblich in keinem Augenblick seines Haftlebens ablegte. Dieser Herr war so belesen und mit allen Wassern der Wissenschaft und feineren Bildung gewaschen, daß selbst der Gefängnisdirektor ihn gewöhnlich mit *Gnädiger Herr* ansprach. Wer weiß, warum er hier einsaß, wahrscheinlich wegen Hinterziehung oder sonst eines edlen Vergehens. Auch jetzt, wie so oft, hielt er ein aufgeschlagenes Buch in der Hand, es war eine Denkschrift zum Thema Menschenrechte, aus der er seinen Zuhörern ausgesuchte Sätze zum besten gab:

Die Türkei hat der von der Generalversammlung der Vereinten Nationen am 10. Dez. 1948 angenommenen Allgemeinen Erklärung der Menschenrechte zugestimmt. Die Erklärung wurde am 6. April 1949 mit dem Beschluß Nr. 3/9119 des Ministerrates bestätigt ...

Ein Lärm übertönte die Stimme des Gnädigen Herrn, und alle Blicke richteten sich auf die Tür der Zweiten Abteilung, denn soeben trat König Kamil auf die Marmorterrasse, gefolgt von seinem brandneuen Gespielen, dem Barbier Hayri.

Kamil trug einen Mantel aus dunkelblauem grobem Tuch, aus Gründen der Sicherheit nur lose über die Schulter geworfen, da er im Falle eines Angriffs seiner Rivalen zum raschen Abfangen der Messer und Wurfspieße diente, und vom nämlichen Stoff genähte hautenge Kniehosen. Selbige, zusammen mit den hohen Hacken und dem federnden Schritt ihres Trägers, gemahnten an die gespornten Läufe eines Hahns, welcher eilt, seine Henne zu decken. Aus soviel Blau stach das glänzende Rot der Schärpe heraus, die bis zur Brust hochgeschnürt war. Die auf den Stühlen saßen, sprangen auf und boten ihre Plätze an.

Die beiden umherstreifenden jungen Burschen begannen zu tuscheln.

»Sieh mal, dein Schnuckelchen! Gestern in der Kreide, heute in Samt und Seide, der Kleine!«

»Die seidenen Federn fallen aus König Kamils Fittich ...«

»Du mußt es ja wissen. Meinst du, er hat schon mit ihm ...«

»Noch nicht.«

»Wieso?«

»Sagtest du nicht, ich muß es wissen ...«

»Wohnt aber schon seit zwei Monaten im Hause, der Wicht!«

»Ein Hafenfisch, dieser Hayri. Beißt nicht an, kackt nur den Angelhaken voll.«

»Zähe Geschichte ...«

»Wart's ab. Heute Haschisch, morgen Heroin,

übermorgen kriegst du ihn ... Wie heißt es so schön: Will dir das Schicksal an den Kragen, platzt die Hosenschnur an neun Stellen gleichzeitig!«

»Bei Allah!«

Auch die im Schatten der Mauer Dösenden machten den Mund auf.

»Igitt!« zischte der Plastikzipfler. »Das läuft rum und schnappt nach Luft!«

»Aufhängen, nichts als aufhängen! Was will so einer von einem sechsjährigen Würmchen!« sagte jener, der Schwester vergewaltigt und Tochter entjungfert hatte.

Muttervögler Sülüman spuckte auf den Boden. »Was soll er gewollt haben. Aber dazu noch erwürgen!«

»Nicht einmal, zehnmal aufhängen, sage ich!« krächzte der Fingerfummler, und, als fiele ihm etwas ein, krähte er weiter: »Bei mir war's ein Mädchen! Bei dem ist ein Junge draufgegangen, pfui Teufel!«

Admiral David brummte vor sich hin: »Was heißt hier aufhängen. Diese Kanaille gehört gepfählt. Wohl wahr, auch ich habe gesündigt. Aber habe ich nur ein einziges Mal mich an lebendigem Fleisch vergriffen? Niemals. Meine Opfer sind Tote, die sehen nichts und hören nichts und fühlen keinen Schmerz ...«

»Was hängen, was pfählen. In Stücke zerhacken und tollwütigen Hunden vorwerfen!« knurrte der Muttervögler.

Wie schön, daß wir bessere Menschen sind.

Trillerpfeifen schrillten. Zwei Wärter kamen aus dem Haus gelaufen und trieben die Häftlinge zusammen. Es war Abend, Zeit, in die Zellen zu gehen, gezählt zu werden und die Tür hinter sich ins Schloß fallen zu hören. Wahrlich eine triste Stunde für alle, die je das Kismet hierher verschlug. Dämmerung, welche Folter, die Tränen in die Augen und Geständnisse auf die Lippen treibt. Falsche Zungen beichten falschen Ohren. Falsche Hunde tragen falschen Herren zu.

Hayri, einige Wochen am Ort, hatte zwischen Freund und Feind, oder sagen wir, zwischen Feind und Todfeind, noch nicht unterscheiden gelernt. Mildes Betragen, freundliches Wesen, niemals sagen, was gewesen! – diese Regel zu beherzigen, hatte die Schule des Lebens ihm noch nicht aufgegeben. Was König Kamil anging, so ahnte er schon, auf was die Bestie hinauswollte. Um so trübseliger war ihm allabendlich zumute, und er rollte sich rasch auf seiner Pritsche zusammen. Heute aber standen ihm die ungeweinten Tränen bis unter die Schädeldecke. In dieser fürchterlichen halbdunklen Stunde, da einer sogar das Gitter zwischen den Fäusten für seinen Freund hält, zugibt, was auf der Seele brennt, Namen nennt und sich ausheult, schlich Hayri zu jenem freundlichen Zellengenossen, den er wegen seiner Güte und Milde ins Herz geschlossen.

Jeder wisse, was er getan habe. Es stehe ja in der Zeitung zu lesen. Aber er habe es nicht gewollt. Nicht von Anfang an. Er sei ein normaler Mann, ein bescheidener Barbier. Sein Laden sei noch nicht bezahlt gewesen. Jeden Abend kam dieses Tier, dieser Kerl mit den blauen Glasperlenaugen. Er wollte spazierengehen. Er hatte es auf Hayri abgesehen. Er hatte schon im Gefängnis gesessen. Eines Abends sei er nicht weggegangen. Sie haben im Laden gegessen. Und getrunken. Dann sei es geschehen. Hayri habe ihn abgewehrt. Aber der Kerl habe ein Messer genommen und Hayri in den Schenkel gestochen. Dann sei es eben so gekommen. Und nicht nur das eine Mal. Der Kerl kam immer wieder. Manchmal habe er ihn geschlagen. Hayri wagte, wegen der Schande, niemandem etwas zu sagen. Fliehen konnte er nicht. Da war der Laden, noch nicht abgezahlt. Er wollte auch seiner Mutter nicht schaden. Der Kerl hatte ein Kind, einen sechsjährigen Sohn. Und eine Frau. Das Kind kam manchmal am Laden vorbei. Einmal, der Laden war leer, rief Hayri das Kind herein. Um das mit dem Kind zu tun, was ihm am Abend von dessen Vater geschah. Das Kind war da, aber Hayri wollte nicht mehr. Das Kind hatte Angst und schrie. Hayri bat es, stille zu sein, aber es half nichts. Hayri fing selber an zu weinen. Gleich würden alle Nachbarn erscheinen. Kein Wunder, kein Himmel konnte mehr helfen. Himmel helfen nie. Hayri, in seiner Not, drückte dem Kind die Kehle zu. Dann warf er sich auf das Kind und flehte es an zu sprechen. Aber das Kind sagte nichts. Es war tot.

Der freundliche, milde Zellengenosse schlich unverzüglich zur Berichterstattung. König Kamil schnalzte mit der Zunge.

Anderentags saß der Barbier Hayri wieder an der Tafel seines Herrn. Kamils Gesicht war finster wie eine Gewitterwand. Nach der Mahlzeit drehte er sich eigenhändig eine Zigarette, mit doppeltem Papier, dick wie ein Weinblattröllchen mit Hackfleisch. Das Hackfleisch war allerdings Haschisch. Den ersten tiefen Zug tat er selbst. Dann hielt er sie Hayri hin. Der fand keine Zeit, sich zu genieren und abzulehnen, denn schon klatschten ihm zwei fette Ohrfeigen ins Gesicht. Hayri kippte hintenüber. Kamil griff ihn am Hemd und schleppte ihn bis ans äußerste Ende des Flurs. Hier gingen Prügeltrachten und andere Vorhaben, das Hinterteil eines Menschen betreffend, ungestörter vonstatten.

Man hätte höchstens ein Gewinsel hören können, abgelöst von einer keifenden Stimme: »Warum so sittsam, kleine Hure! Entjungfert bist du doch wohl schon, mein Zicklein! Andere Leute schmatzen lassen und für uns nur leere Schüsseln mit Tischgebet! Andere Leute, was sag ich, meinen langjährigen Pritschen- und Patschenbruder! Und dem noch den Sohn umgelegt, mir nichts dir nichts ... Gar nicht so zimperlich ... Na, wird's jetzt ... Ruhe, du Ratte!«

3. Kapitel

Wie der Barbier Hayri sich als Held aufführte, einen Mann niederstach und schliesslich in Ketten gelegt wurde

Tage, Wochen und Monate vergingen, und der Barbier Hayri war nicht mehr wiederzuerkennen. Er trat nur mit den Fußspitzen auf, federte dabei und schlingerte seitwärts wie eine Krabbe. Wie er so, hackenklappernd, die eine Schulter vor-, die andere zurückbewegend, durch die Gänge kreuzte, hätte man ihn unschwer für einen Raddampfer halten können, wäre er nicht in dem Wind, den er machte, kaum mehr zu erkennen gewesen. Vorübergehende hatten sich vor seinem Zickzackkurs in acht zu nehmen, sonst wurden sie mit vernehmlichem Hüsteln angerempelt.

»Brüder, die Sache ist schon gelaufen«, sagte einer.
»Wieso.«
»Weil man's selber erlebt hat – hm – ich meine nur, das Getue ist eindeutig. Hat dem König Kamil seinen Hintern hingehalten und sich zum Mann schlagen lassen.«
»O Welt!« seufzte ein anderer, »so schmierig wie der Boden eines Marmeladenglases!«

Inzwischen saßen die vornehmeren Häftlinge draußen im Hof beim Tee, unter ihnen der Gnädige

Herr mit der Brille, der einmal mehr mit seinem Wissen zu glänzen wußte. Tatsächlich war er des Arabischen mächtig und konnte auf Anfrage die Schrift der marmornen Tafel entziffern, die zu ihren Häupten über der Tür der Gefängnismoschee angebracht war.

»Ein jeder wird den Tod schmecken ...«, las er, und als eben der Barbier Hayri mit zwei seiner Knaben vorübertänzelte, wiederholte er noch einmal mit vernehmlicher Stimme: »Ein jeder wird den Tod schmecken! ...«

Einer der Umsitzenden spuckte auf den Boden, ein anderer bat, nachdem das lästerliche Trio sich ein wenig entfernt hatte, schüchtern um Rat und Pfad bezüglich der gängigen Formen sexueller Abartigkeit. Der Gnädige Herr ließ darauf die ganze Skala seiner Kenntnisse spielen.

Man wisse doch, daß ein junger Kater zur Erlangung der Geschlechtsreife gewissermaßen gezwungen sei, mit einem ausgewachsenen, gestandenen Kater eine Art Probeerektion durchzumachen. Auch bei den Mäusen sei es durchaus nicht unüblich, daß ein Männchen zu einem anderen Männchen Beziehungen unterhalte, Während andererseits ein Hahn, der, aus welchen Gründen auch immer, für einen längeren Zeitraum der Paarung entsagt habe, gegebenenfalls die Rolle des Huhns übernehmen könne.

Was nun aber historische Persönlichkeiten betrifft, berichtete der Gnädige Herr seinen atemlos lauschenden Zuhörern weiter, so erkennen wir die perverse Veranlagung des Julius Caesar schon an dem Ausspruch des großen Dichters Ovid, der über ihn sagte: Er war der Gemahl aller Frauen und aller Männer Gemahlin! Ein anderer Diktator, Nero mit Namen, ehelichte achtzehnjährige Jungen ganz öffentlich. Einem dieser armen Kerle, er hieß Sporus, ließ er vor der Heirat die Hoden abtrennen. Überhaupt dieses Rom, es floß von Homosexualität nur so über. Mütter kauften ihren pubertären Söhnen hübsche Sklavenknaben, um sie zu zerstreuen. Nahm sich der Sprößling dann später eine weibliche Gattin, überreichte er ihr das abgeschnittene Haupthaar eines Sklavengefährten als Angebinde. Wir denken auch an Alkibiades, den Heerführer des alten Athen. Sein Lehrmeister in Sachen des gleichgeschlechtlichen Umgangs wurde einer der größten Philosophen aller Zeiten, nämlich Sokrates ...

»Pfui, der Ehrlose!« entfuhr es einem der Runde.

»Nein, nein«, wehrte der Gnädige ab, »er war wirklich ein bedeutender Denker. Ebenso Friedrich der Große, König der Preußen, bei dem sich abartige Züge unschwer nachweisen lassen. Ferner ...«

»Bei Allah! Du kennst sie alle! Erzähl weiter, damit wir über diese Sittenstrolche Bescheid wissen!«

Außer Sokrates, Plato, um die Philosophen zu nennen, sei da der Päderast Henry der Dritte gewesen. Edward den Zweiten habe man aus selbigem Grund getötet, indem man ihm ein glühendes Eisen in den Hintern rammte.

»Man sollte sie alle verbrennen!« schrie einer.

»Man verbrannte sie!« nickte der Herr. »Ihr habt vielleicht von dem Dichter Shakespeare gehört. Auch dieser bevorzugte Jünglinge. Von Oscar Wilde ganz zu schweigen. Aber verlassen wir England, gehen wir über zu Saint-Saëns, zu Richard Wagner, zu Michelangelo, zu einer Unzahl von Künstlern ...«

»Künstler, Spinstler, egal! Aber daß auch Heerführer dabei sind, unglaublich!«

»Eben. Nicht zu vergessen: Alexander der Große. Zurück zu den Tieren. Wie ich schon sagte, man verbrannte den Triebtäter, und zwar, im Fall des Mißbrauchs von Tieren, das Tier dazu.«

»O weh! Wenn sie bei uns auch die Tiere verbrennen würden, wie viele Tiere ...«

Der Gnädige Herr unterbrach ihn. »Mewlana Celaleddin Rumi beschreibt in seinem Mesnewi den Geschlechtsverkehr einer Frau mit einem Esel.«

»Was? Wie?« keuchten die anderen.

»Die Frau kam dabei zu Tode, indem ihr durch die Wucht des Gliedes des Esels die Lunge platzte. Also, in England hätte man sie beide verbrannt, in Frankreich auch, bei uns nicht. Hört, was hierzu in meinem Buch steht ... *Das letzte diesbezüglich bekanntgewordene Ereignis fand im Jahre 1750 in Vanves statt, als ein mit einer Eselin Sodomie treibender* ...«

»Nicht möglich! Auch in Frankreich macht man es mit den Eseln?« fiel einer dem Gnädigen Herrn ins Wort.

Ein ganz Schlauer mochte ebenfalls nicht das Ende des Satzes abwarten und rief: »Sieh an! Jetzt wissen wir, warum es in Westeuropa soviel Industrie gibt! Weil sie die Esel ins Feuer geworfen haben, einen nach dem anderen, bis alle ausgerottet waren und sie für die Arbeit, die früher ein Esel geschafft hat, Maschinen brauchten!«

Unbeirrt, den Finger auf der Zeile, fuhr der Gnädige Herr mit Vorlesen fort: ... *als ein mit einer Eselin Sodomie treibender Mann namens Jacques Ferron auf den Scheiterhaufen kam ...*

Was das sei, Sodomie, wollte einer wissen.

Der Gnädige Herr erzählte des breiteren von Sodom und den Leuten des Stammes Lot, unter welchen eine gewisse Abartigkeit an der Tagesordnung gewesen sein solle, um den Finger wiederum auf die Stelle im Buch zu legen: ... *worauf auch die Eselin, nach dem Gesetz, lebendigen Leibes den Flammen zugeführt wurde. Doch erhoben sowohl der Geistliche als auch die Honoratioren des Kreises Einspruch aus humanitären Gründen gegen die Tötung des Tiers, weil dieses nur Opfer von Nötigung und Vergewaltigung, keinesfalls aber Täter einer freiwilligen strafbaren Handlung sei. So wurde im letzten Augenblick für die Eselin Freispruch erwirkt.*

Von hier an redeten alle durcheinander. Ob sie selber denn eigentlich freiwillig strafbare Handlungen begangen hätten. Oder genötigt und vergewaltigt worden seien. Täter oder Opfer. Wie dem auch sei, unsere Esel sollen sie mit ihren Gesetzen in Ruhe lassen. Auf die lassen wir nichts kommen. Schließlich sind wir fast alle vom Dorf und haben unsere Erinnerungen.

Eine Woche jagte die andere, ein Monat den nächsten. Alle Vierteljahre etwa hatte Hayri einen Gerichtstermin, was zu keiner Veränderung seiner Lebensumstände führte. Eine Wende in seinem Dasein trat allein dadurch ein, daß man ihn eines Tages in eine andere Zelle verlegte. Ein Stirnrunzeln König Kamils hätte den Umzug verhindern können, seltsamerweise jedoch ließ er ihn wortlos geschehen. Schlimmer noch.

Als der Barbier seine Matratze über den Flur trug, zog einer der Hörigen König Kamils ihn in die Nische, wo die Aborte lagen, und sagte: »Gib die Spieße heraus. Mein Boß wünscht sie zurück.«

Das hieß nicht mehr und nicht weniger als: König Kamil hatte Hayri fallengelassen.

Hayri richtete sich am neuen Schlafplatz ein. Er war nun mittellos, somit von der Gnade des Zellenbosses abhängig. Muckte er, bekam er Prügel. Irgendwann wurde er hinausgeworfen. Man steckte ihn in eine weitere Zelle, von dort in eine andere Abteilung. Sein Ruf war gänzlich dahin. Sogar die Milchbärte aus der Knabenzelle machten sich über ihn lustig. Keine Rede mehr von Kantinenessen, geschweige denn Leckerbissen aus Restaurants. Seine Nahrung war die fettlose Brühe im Kessel des Roten Halbmonds. Da traf es ihn kaum sehr tief, als er eines Tages sein Urteil vernahm. Es lautete auf Tod durch Erhängen. Er hörte den Spruch teilnahmslos an. Eine Weile hatte er überlegt, ob er den wahren Tathergang schildern solle. Daß vor seiner eigenen Untat der Angriff des anderen stand, des glasperlenäugigen Vaters des Kindes, der ihn vergewaltigte. Daß seine eigene Handlung nur Notwehr war, nein, nicht Notwehr, sondern Rache. Rache, nein, das würde er niemals zugeben. Sollten sie ihn zehnmal aufhängen und wieder abknoten. Die Wahrheit erfährt keiner, versteht keiner, erträgt keiner.

Der Aufstieg zum Todeskandidaten brachte immerhin Vorrechte mit sich. Man wies dem Betroffenen einen leichten Geldverdienst zu. Abgesehen davon lebte es sich jetzt bequemer. Wozu sich noch vor Mord und Machenschaften fürchten, wenn es sowieso an den Galgen geht. Dieses Sich-Gehenlassen, die Narrenfreiheit des Moribundus, war von jeher der Gefängnisverwaltung ein Dorn im Auge und ein Grund mehr, ihn mit einer regelmäßigen Beschäftigung abzulenken.

Hayris Dienst bestand darin, jenen Häftlingen Wasser zu verkaufen, die die Waschung vollziehen wollten. Der Preis für einen Kanister Wasser war festgelegt. Warm kostete er eine Lira, kalt eine halbe. Gründe zur Waschung gab es übergenug. Die Masse der einsitzenden Männer hatte seit Monden und Jahren kein Weib gesehen. Um so häufiger ereigneten sich nachts jene Ergüsse, die ein heftiger Traum beschert. Des Morgens mußte diese Sünde abgewaschen werden. Egal, ob einer geraubt oder abgestaubt, bestochen oder abgestochen, gehurt oder randaliert hatte, die Schande der Unreinheit mochte keiner am eigenen Leibe sitzen lassen. Die Geschäfte liefen vorzüglich. Zwar waren vom Verdienst reichlich Anteile abzufahren, so die Prozente an jeden, vom Höchsten bis zum Niedrigsten, der die Arbeit vermittelt hatte, ferner die Ehrenabgaben an die Flurbosse. Doch was blieb, machte Hayri gewissermaßen noch zum reichen Mann.

Doch in solcherlei neuen Wonnen wollte Hayri sich gar nicht sonnen. Vielmehr trachtete er nach Tod und vorzeitigem Ende der Not. Nicht, daß er das Maul gehalten hätte. Großmäuligkeit gehörte nun einmal zur Umgangssprache. Erst allmählich schmeckte er wieder, wie süß das Leben ist für einen, der sich etwas leisten kann. Der Hinrichtungstag rückte in weite Ferne. Außerdem, was das arme Todesurteil betraf, das hatte noch so viele Hürden zu überspringen. Da waren das Revisionsgericht, das Parlament und die Unterschrift des Staatspräsidenten, die es passieren mußte, und zwischen allen diesen konnte es zu Schaden kommen, in lebenslängliche Haft verwandelt werden, oder was weiß Gott. Hauptsache, der, dem der Tod sicher war, vielleicht nur ein bißchen früher als seinen Mitmenschen, hatte erst einmal die Achtung der letzteren wiedergewonnen. So oder so verging die Zeit.

Indessen, Ehre und Ansehen muß einer erwerben, um sie zu besitzen. Da ging der Spruch: Draußen hält der Boß die Kasse auf, drinnen das Klappmesser. Was der draußen mit Spenden und Schmiergeldern anstellt, dafür muß der drinnen Dolche und Schlagringe schwingen. Geschichten von prächtigen, heldenhaften Anstaltsattentaten waren genügend im Umlauf, um Hayris Phantasie anzureizen, und bald stand sein Plan fest, während die Kleinarbeit erst begann. Seine Hände würden zu Krallen, seine Zähne zu Klingen und sein Herz zur Flamme werden. Jeder, der als skrupelloser und steinherziger Mörder bis zum Zellen- und Flurboß, ja, zum Gebäudeboß aufgestiegen war, hatte einmal so klein und klammen Gemüts den Fuß auf die Straße seines Werkes gesetzt wie Hayri, der ein Wurm ist und dem doch die Unterwelt offensteht. Kannst du sehen, mein Löwe, welcher Recke sich verbirgt unterm Hirtenfilz?

Wenn er, Barbier Hayri, König Kamils Kadaver durch den Gefängnishof schleifen und wie nebenbei brüllen würde: »Ihr Aus- und Nachgeburten! Ihr vaterlosen Mutterschürzler! Faßt zu! Sind euch die Finger abgefallen?«, dann sollte der Tod ruhig kommen, dann würde der Galgen zum Halm und der Strick zum Wollfaden.

Einst hatte er den falschen erwischt, ein argloses Kind anstelle seines glasperlenäugigen Vaters. Diesmal träfe er den richtigen, und anstelle dieses einzigen immer nur wieder diesen selben, und so fort bis ins Jenseits.

Zur großen Belegschaft des Hauses gehörte ein Meister im Messerwerfen, Ilhami aus Tophane. Eigentlich sah er recht mickrig aus, kaum älter als Hayri, spindeldürr, ohne Ehrgeiz, lungerte irgendwo lahm herum, doch mit einer Seele wie ein flackerndes Kohlenbecken. Wehe, er wurde gekränkt. Sogleich begann sein Messerchen in der Luft Räder zu wirbeln, während er selber, Ilhami, beinahe unsichtbar wurde, so flohartig schnell sprang er Zacken und Haken um seinen vermeintlichen Feind, dem keine Zeit blieb, sich verblüfft hinterm Ohr zu kratzen, da klatschte er schon in Art eines Pflaumenmusfladens zu Boden, oder, zur Auswahl, wurde wie eine Gurke geschält, nicht grob, sondern Streifen für Streifen, nachdem der Klingenkünstler nur wenige seitliche Schnitte gesetzt und die Haut in Bahnen ratzekahl vom Körper abgezogen hatte, zumal, falls ihm vorher in seiner für den schmächtigen Wuchs ungewöhnlichen, posaunenartig röhrenden Stimme der Satz entfahren war: »Warte, ich zieh' dir das Fell ab!«

Einmal stach er einen schlicht in die Arschbacke. Das genügte, es war eine unausdenkliche Schande und löste gellendes Gelächter aus.

Früher hatte Ilhami gelegentliche Aufträge angenommen, heute mordete er nur noch, wenn es sich gerade so ergab. Er besaß auch Fehler. Gebürtiger Istanbuler, war er dem Haschisch verfallen. Man sagte, die Flurbosse ließen es in Mengen für ihn herbeischaffen, damit ihm endlich die Hände zu zittern begännen. Vorerst nahm seine Geschicklichkeit eher zu, indem er tagtäglich übte, auf senkrechten Mauern herumzulaufen. Mit lautem Geheul durchquerte er den Hof, rannte gegen die Hauswand, daß jeder meinte, er müsse zerschellen, tat einige Schritte hinauf, warf sich waagrecht in der Luft herum und sprang zurück auf den Erdboden. Vielleicht probte er so seine Flucht.

Die Beziehung des Barbiers Hayri zu jenem Ilhami aus Tophane bestand darin, daß ersterer letzteren bei jeder sich bietenden Gelegenheit scharf beobachtete, um sich im Gebrauch von Hieb- und Stichwaffen zu schulen. Denn ihm schwebte Größeres vor als der Zusammenstoß mit dieser närrischen Wanze. König Kamil! stand auf seinem Panier. Um seine zertretene Ehre wiederherzustellen, galt es, dem Wüstling nicht mittels eines gemieteten Heroinsüchtlers oder Schlägertrupps entgegenzutreten, sondern Auge um Auge, Zahn um Zahn, Pranke um Pranke. Ihm während des letzten Schnaufers in die rollenden käferschwarzen Augen zu blicken wäre Lohn für die Hölle, Leben genannt, deren Tore alsbald hinter ihm selbst ins Schloß fallen sollten.

Die Vorbereitungen hatten begonnen. Hatte Hayri doch lange genug Kamils Dolche und Spieße verwahrt oder am Leibe getragen, um sachverständig zu sein und zu wissen, wie sie aussehen, wie man sie zuspitzt und nachschleift und vor allem, wo die schwachen Stellen und heimtückischen Ritzen zwischen den in Kochsalz oder Zukker gehärteten, hernach an der Sonne getrockneten Filzbinden sitzen, mit welchen Höherstehende ihre gefährdeten Körper einzuwickeln pflegen. Woraus übrigens folgte, daß zum künftigen, zu verrichtenden Werk außer der Metallschleiferei auch die Filznerei gehörte. Denn zunächst war Selbstschutz angesagt. Harter Stoff schämt sich des weichen nicht. Verfetten, sich retten. Wer Hayri so sah, gewindelt bis unter den Kragenknopf, konnte meinen, er habe nach Ende der neuen Armut ganz schön Speck angesetzt.

Doch nun zu den Werkzeugen selbst. Der Eisendeckel des Ofens im Hamam hatte einen Riegel, zweiundzwanzig mal vier Zentimeter, der fiel zuerst. Weitere sechs Nächte brauchte es, zwei Stützstangen aus einem leerstehenden Pritschenpaar auszubauen, eine Angelegenheit von Minuten, müßte einer sich nicht auf die knappe Frist zwischen Nacht und Morgen beschränken, wenn alle Zellengenossen schnarchend im Tiefschlaf liegen. Das Grundmaterial für drei Spieße ward somit zusammengebracht. Was nun folgte, forderte vierunddreißigtägige Plage und Plackerei. Tags im Hamam, in der hintersten Kleiderkabine, nachts im Zellenklo rieb, schliff und schabte Hayri an seinen Lustdolchen herum, dort an einer Stufe im Marmorboden, hier an der Kante des Abtritts, als ob der brave Stein bereits die Kehle des Satans Kamil sei, an der er sein Eisen wetze, in racheseliger Besessenheit, ohne sich Rast noch Ruhe zu gönnen, von jenen kurzen vergnüglichen Pausen abgesehen, da er an der rotglühenden Spitze seines Meisterstücks eine Zigarette in Brand setzte oder aber in vollem Strahl auf sie herunterpinkelte, daß es zischte und prasselte und König Kamils Marmorleib in der kochenden Sintflut seines Urins ertrank.

Nach, wie gesagt, vierunddreißig Tagen wiesen Abtritt, Spülstein und Hamamfliesen bedenkliche Mulden und Rillen auf, doch das Werk war vollendet. Barbier Hayri verfügte über drei Spieße, spitz wie Schlangenzungen. Einer hatte seitlich drei Kerben, zwei verdickten sich nach unten gehörig und waren geeignet, einmal in den Leib eingeführt und gedreht, die Eingeweide stracks zu zerfetzen. Einem der letzteren schnitzte Hayri einen Holzgriff, die anderen beiden umwickelte er an ihrem stumpfen Ende mit Lumpen.

Die nächste Nacht verbrachte er schlaflos, erhob sich aber dennoch morgens leicht vom Lager. Sehr sorgfältig ordnete er Waffen und Binden um seinen Körper. Noch war Zeit. König Kamil sollte mit seinem Gefolge im Hof spazierengehen, die ganze Belegschaft von Sultan-Ahmet dem Akt beiwohnen. Diese Tat wird eine Heldentat sein, egal, ob der Held dabei selber draufgeht. Er trank Tee, lief ins Hamam, verkaufte kaltes und warmes Wasser zur Waschung, erklärte einem bettelarmen Knirps aus der Vater-Adam-Zelle, wie man die Kanister abfüllt, und schlenderte, da die Stunde näherrückte, in Richtung Hof.

Er hatte diesen noch nicht erreicht, als sich auf mehreren Fluren zugleich ein Tumult erhob. Was passiert sei, fragte Hayri einen vorbeirennenden Häftling. Nichts weiter, und doch unglaublich! Die Flurbosse haben sich gestritten, wegen des Kopfgelds und der Reviereinteilung. Weil so was immer nach Revolte riecht, haben sie einen von ihnen in die Provinz abgeschoben, gerade eben, mit Sack und Pack, eine Blitzaktion. Und weißt du, wen? Den König Kamil, ausgerechnet! Nach Sinop, sagen sie ...

Hayri schleppte sich zur Hoftür hinaus. Auch draußen herrschte lautes Palaver, die Neuigkeit betreffend, manche lachten, mehrere lamentierten. Den Barbier überkam die Müdigkeit der vergangenen Wochen, er ging bis zur Mauer, dort sank er erschöpft zu Boden und blieb liegen.

Als er nach einer ungewissen Weile wieder zu sich kam, hörte er spöttisches Gelächter dicht über seinem Kopf. Das war nicht irgendein Gelächter und nicht niemandes Stimme, sondern die Schlachtenposaune des Ilhami aus Tophane. Hayri öffnete die Augen und blinzelte.

»Hallo, Hosenmatz! Dein Bussi-Bossi ist weg! Tja, da liegst du im Sand wie ein vergiftetes Täubchen!«

Hayri drehte den Kopf zu Ilhami. Der brüllte:
»Was gibt's da zu glotzen, Scheißkerl?«
»Nichts, nur so, Bruder Ilhami.«

»Dir paßt wohl was nicht?«

»Doch, Bruder Ilhami.«

Hayri versuchte aufzustehen. Ilhami versperrte ihm den Weg. Ilhami aus Tophane keifte, schrie und lästerte, was das Zeug hielt. Alle Schmähreden dieser Welt gingen auf Hayris armes abnormes Sexualleben nieder. Die Männer grölten vor Glück.

»Laß mal sein, sonst passiert was!« rief Hayri und rannte. Das hätte nicht gesagt werden dürfen. Ilhami setzte hinterher und zog das Messer.

»Mit mir nicht!« schrie Hayri, warf sich zur Seite, sonst hätte das Messer ihn schon ins Herz getroffen, und zog seinen Spieß.

Die Menge schwieg verblüfft. Hayri hat einen Spieß. Hayri, der Barbier, gegen Ilhami aus Tophane. Das gibt's nicht, Brüderchen.

Ilhami begann mit der Vorstellung. Die Figuren waren bekannt. Neu war, daß das Ziel und Opfer des Tanzes müde, fast verdrossen dastand, denn hier mitzuhüpfen wäre nutzlos gewesen. Was der andere da zurechtsprang, war die Nummer eines albern auf und ab flatternden Hahns. Doch Hayri lauerte. Plötzlich schnellte er vor, traf Ilhamis Schulter, drehte den Spieß in der Wunde kräftig um und zog ihn heraus. Blut strömte. Ilhami gab nicht auf, doch den rechten Arm konnte er kaum mehr bewegen. Das Blut spritzte überall hin, und als Ilhamis Gesicht unter dem vermischten Blut unkenntlich wurde und genausogut hätte König Kamils Gesicht sein können, verwandelte Hayri sich in eine reißwütige Bestie.

Es war also ernst geworden. Längst waren die Wärter geholt, die Gendarmen benachrichtigt und standen in dichtem Kreis um das Paar herum, nur, wer hier eingriffe, dem war wohl sein eigen Leib und Leben nichts wert.

Am Ende lag Ilhami aus Tophane am Boden. Aus seinem Hals sprudelte Blut wie aus einer Regenrinne.

Nach alter Gefängnismanier hätte der Sieger jetzt über sein Opfer herfallen und so lange mit der Waffe darauf einstampfen müssen, bis es keinen Schnaufer mehr tut. Doch Hayri tat nichts dergleichen. Er stand auf und weinte. Er weinte so sehr, daß die Tränen ihm das Blut von den Wangen wuschen. Er schluchzte und heulte und schrie sein Geständnis heraus, seine Geschichte, zurück bis in das armselige elende Dunkel, das Leute Kindheit nennen.

Der Fingerfummler, der Plastikzipfler, Muttervögler Sülüman, Gnädiger Herr, sie alle blieben sprachlos.

Nachdem Hayri entkräftet in sich zusammengesackt war, trat der Oberaufseher zu ihm und sagte: »Gib mir den Spieß, mein Junge!«

»Nicht hier, Vater«, flüsterte Hayri. »Im Kapialti will ich ihn herausgeben.«

Gewöhnlich wurden Verbrecher nach solchen Vorfällen ins Bad gesteckt und gründlich verprügelt. Mit dem Barbier Hayri verfuhr man anders. Ohnehin hatte er als Todeskandidat seine Sonderrechte. Was hätte es auch für Sinn gehabt, einen blaugeprügelten Raufbold an den Galgen zu bringen, wo das Volk doch eher einen zerknirschten Bläßling hängen zu sehen wünschte. Man schaffte ihn auf die

Krankenstube, suchte nach Wunden und entdeckte eine winzige Schramme. So kam es, daß dem Barbier Hayri kurz hintereinander ein kleines Pflaster und eine riesige Sträflingskette angelegt wurden, als er sich nämlich wenig später in der Kerkerkammer der Haftanstalt Sultan-Ahmet wiederfand.

Die Tür wurde verschlossen und mit der Stange gesichert. »Allah möge dich erretten, mein Sohn!« rief der Oberaufseher von draußen.

»Danke, Vater!« rief Hayri.

Am Abend, als alle im Bett lagen, saß der Gnädige Herr mit aufgeschlagenem Buch auf seiner Pritsche und las:

Das Abkommen des Europarates wurde am 5. Mai 1949 in London unterzeichnet. Nach Paragraph 8 des auch von der Türkei unterzeichneten Abkommens soll derjenige Mitgliedstaat, der gegen die Allgemeine Erklärung der Menschenrechte verstößt, aus dem Europarat ausgeschlossen werden.

4. Kapitel

WIE DER BARBIER HAYRI BEGINNT, DAS SCHWARZE VOM WEISSEN UNTERSCHEIDEN ZU LERNEN

Der Raum, den sie Kerker nannten, hatte kein Fenster. Eine Lampe gab es zwar, aber keine Glühbirne darin. Die Luft war so feucht, daß man sie hätte auswringen können. Schimmel und Moder, das, was einer ißt und pißt und schluckt und kackt, hatte Wände und Boden mit einer klebrigen Masse überzogen. Wer sich hier aufhielt, dessen Gesicht wurde erst weiß, dann gelb, dann grün und zum Schluß todesfarben.

Die Kette, die an Hayris Fußgelenk befestigt war, wog achtzig Kilo. Wollte er den Blechkanister erreichen, um zu pinkeln, mußte er sich erheben und ein Gewicht hinter sich herziehen, das fünfzehn Kilo schwerer war als er selbst. Das ließ er lieber. Hier schiß und schiffte einer, wo er saß oder lag, auf einer zusammengebackenen Schicht von Stroh und Lumpen.

Als man Hayri hier hereingestoßen hatte, war er hingefallen, später richtete er sich halb auf und lehnte den Rücken gegen die Mauer. Sein Fuß mit der Kette war eingeschlafen. In dieser Finsternis und Reglosigkeit kamen ihm Bilder und Träume in herrlichen Farben. Eine unendliche Weile dämmerte und träumte er so vor sich hin, doch irgendwann wurde die Tür aufgerissen, und herein stürmten ein Wärter und zwei Splitternackte aus der Vater-Adam-Zelle. Einer der Nackten trug ein Bett auf den Schultern, der andere ein Tablett voller Essen. Der Wärter schraubte eine Birne in die Fassung, knipste, und grelles Licht erfüllte den Raum. Die Nackten fegten und räumten, und im Nu war das Lager bereitet und das Essen serviert. »Los, lang zu!« Genau so hatte Hayri es sich vorgestellt. Er hatte einen aufgespießt, lag deswegen im Kerker, und derweilen stieg sein Ruhm. Bett, Brot und Birne – all diese Annehmlichkeiten hatten ihm die Flurbosse vermittelt. Hayri war einer, mit dem, wer am Leben hing, sich gut stellen mußte.

»Ilhami aus Tophane – wie geht es ihm?« fragte er vorsichtig. Tot sei er nicht. Aber in Lebensgefahr. Er liege im Krankenhaus.

Hayri blieb mit seinem Tablett allein. Wenn sie ihm morgens das Frühstück brächten, würden sie sehen, daß er keinen einzigen Bissen angerührt hatte.

Das war er also, der Brunnen der Einsamkeit. Hayri steckte zum ersten Mal drin. Er überdachte sein Leben. Vieles erschien ihm sehr widersinnig. Da habe ich einen Jungen vergewaltigt und komme deshalb ins Gefängnis. Aber im Gefängnis vergewaltigen sie mich scharenweise. Gewollt habe ich beides nicht. Ich lebe so gern. Aber ich habe versucht, mich umzubringen. Kaum atme ich wieder, mache ich mir die Kinder aus der Knabenzelle gefügig. Warum? Um mich als Mann zu beweisen. Ich kann kein Huhn schlachten. Aber König Kamil möchte ich in Stücke reißen. Statt dessen ermorde ich fast den Ilhami, ohne vorher je daran gedacht zu haben. Immer geschieht, was ich nicht will. Immer zwingt mich etwas. Was zwingt mich da. In was für Umstände bin ich hineingeraten. Wenn es einen gäbe, den ich fragen könnte. Der ein Licht, einen Weg wüßte.

Er wollte weinen. Warum hat er als Kind nie geweint, aber neulich, vor versammelter Menschenmenge, laut geschluchzt und geheult, und jetzt hier will wieder keine Träne kommen.

Am zehnten Tag seiner Kerkerhaft meldeten die Zeitungen des Landes, daß das Todesurteil für den Barbier namens Hayri vom Revisionsgericht bestätigt worden sei. Hayri erfuhr hiervon kein Wort.

Am fünfunddreißigsten Tag erhielt er ein Schreiben der Staatsanwaltschaft, in dem ihm der Tod seiner Mutter mitgeteilt wurde. Nun flossen die Tränen, tagelang, ohne aufzuhören.

Die ganze übrige Belegschaft des Gefängnisses hatte indessen die Zeitungsmeldung mit Begeisterung aufgenommen. Es tat sich wieder etwas, es gab neuen Gesprächsstoff. Ein Preisen und Protestieren hob an, wer einen Mund hatte, hatte auch eine Meinung.

Der Gnädige Herr mit der Brille, der intelligenteste aus der Herrenzelle, Experte vor allem in Sachen Todesstrafe und Päderastie, las einer atemlos lauschenden Schar von Mithäftlingen folgende Sätze aus einem Buch vor:

Zwecks Begnadigung des Bombenlegers von Triest, der 1882 bei der Eröffnung der Messe ein Blutbad angerichtet und zum Tode verurteilt worden war, schrieb Victor Hugo an den Kaiser von Österreich: »Aus den Gesetzbüchern des 20. Jahrhunderts wird die Todesstrafe gestrichen werden. Wie edel wäre es, sich schon heute nach dem Recht von morgen zu richten.«

Nun, für den Barbier Hayri käme dieses glückliche Morgen zu spät.

Der Gnädige Herr las weiter:

Um die Begnadigung der ebenfalls 1882 in Rußland zum Tode verurteilten Nihilisten zu erwirken, schrieb Victor Hugo an den Zaren: »Eine zufällig sich erhebende Stimme ist niemandes und jedermanns Stimme, es ist die Stimme der namenlosen Menge. Hören Sie diese Stimme! Sie ruft: ›Amnestie!‹ Auch ich schreie aus der Finsternis ›Amnestie!‹ Amnestie gilt wie unten so oben. Ich bitte den Zaren um Amnestie. Andernfalls bitte ich Gott um Amnestie für den Zaren.«

»Und dann? Wie ist es ausgegangen?«

»Der Zar hat die fünf begnadigt.«

Alle redeten durcheinander. Ob nicht ein Schriftsteller auftauchen könne und Begnadigung für den Barbier Hayri verlangen. Aber wir haben ja keinen wie diesen Viktor, oder? Viktor, egal, eben so einen. Außerdem, was hatten die fünf denn angestellt? Doch wohl kein sechsjähriges Kind vergewaltigt! Das kannst du nicht vergleichen, bei Allah. Warum nicht? Amnestie ist Amnestie.

Und dazu, die Todesstrafe kannst du nicht abschaffen. Neulich haben sie einen Bus überfallen, zwei Männer erschossen, drei Mädchen in die Berge verschleppt, und dann haben alle zehn Täter, der Reihe nach, es mit den drei Mädchen getrieben. Pfui! Wenn du diese Sorte Mensch nicht aufhängst, was soll da werden?

»In Ländern, wo man denkt wie du«, sagte der Gnädige Herr mit einer gewissen sanften Reife, »wird die Todesstrafe sowieso nicht abgeschafft.«

»Gnädiger Herr«, fragte einer, »welche Hinrichtungsmethode ist eigentlich die beste?«

»Weiß ich nicht«, antwortete er. »Die Staaten halten das verschieden, man darf sich nicht einmischen. Bestimmt ist unsere Art, am Galgen zu hängen, die lustigste, wenn auch nicht die menschlichste.«

»Lustig? Was findest du lustig am Strick?«

»Es kommt auf die Nebenwirkungen an. Unser verstorbener Lehrer an der juristischen Fakultät erzählte uns, man habe bei Prüfung der Wäsche eines Aufgeknüpften gewisse verklebte Stellen gefunden, mit anderen Worten, er hatte eine Erektion, am Galgen strampelnd, durchlebte er einen sexuellen Höhepunkt ...«

Wer zum Tode verurteilt und wessen Urteil vom Revisionsgericht bestätigt worden war, der wurde zunächst in ein anderes Gefängnis verlegt, um jederlei Gefühlsausbrüche im Umgang mit den vertrauten Haftgenossen zu vermeiden. Sodann begann für die Ämter die Bürde der Erledigung aller Formalitäten. Den Barbier Hayri brachten sie ins Paşakapisi-Gefängnis nach Üsküdar. Es war der vierzigste Tag seines Kerkerdaseins, als die Tür aufgerissen und Hayri in das rote Auto verfrachtet wurde. In Paşakapisi angekommen, ließ der Direktor ihn sich gleich vorführen.

Hayri solle sich ja in die Hausordnung fügen. Dies sei eine kleine Anstalt, und jeder Verstoß gegen die Disziplin werde ohne Federlesens geahndet. Zum Geldverdienen gebe es keine Möglichkeit. Glücksspiele, Drogenvertrieb, das Abkassieren von Tributen seien verboten. Stichwaffen dürfen weder am Körper getragen noch in Verstecken aufbewahrt werden. Aber wenn er – immerhin hatte dieses ausgezehrte Kerlchen vor vierzig Tagen einen berüchtigten Messerwerfer auf die Klinge genommen – einen Wunsch oder Kummer habe, so solle er sich unverzagt an ihn, den Direktor, wenden ...

Die Flurbosse von Paşakapisi lauerten argwöhnisch, ob der Wicht Hayri, der Märchenheld mit dem stählernen Handgelenk, daran ginge, ihnen ihre Pfründe zu schmälern. Am besten, man legte ihn kurzerhand um. Doch wenn Hayri außer Balbieren eins in seinem Leben tatsächlich gelernt hatte, dann war es das Einseifen der Seelen von Flurbossen. Binnen kurzem war er ihr Liebling und nicht minder der Schützling des Personals. Alle Winkel dieses stolzen Hauses standen ihm offen – bis auf einen.

Deswegen sprach er nach einem Monat beim Direktor vor. Der verbotene Winkel hieß: Zelle der Politischen. Weise Voraussicht hatte verfügt, daß selbige, die Politischen, von allen übrigen in Anstalten Einsitzenden abzusondern seien. Denn welcher Schaden konnte dem Gemeinwohl erwachsen, wenn diejenigen, die schlicht wegen Diebstahl, Betrug, Raub, Mord, Falschmünzerei ein Quentchen ihres Lebens hinter Gitter steckten, sich mit dem heillosen Gift infizierten, das aus den Köpfen der Politischen quoll. Und ausgerechnet mit denen wollte Hayri sich unterhalten!

»Ich selber vermeide es, von ihnen angesprochen zu werden!« beteuerte der Direktor. »Es wäre doch schade um deine Jugend!« ... »Selbst wenn die in ein paar Tagen zu Ende ist!« schluckte er herunter.

Am Ende erreichte Hayri sein Ziel. Er dürfe nur nie ein Sterbenswort aus der Zelle des Unheils an die anderen Sträflinge weitergeben. Ob er selber denn, der Barbier, verdorben oder unverdorben in die Höhe fahre, sei unerheblich, deutete der Direktor an.

Es war aber gar nicht Neugier, was Hayri zu den Politischen trieb. Hayri hatte im Kerker Gedichte geschrieben. Ja, er hatte, was an unklaren, wehmütigen Empfindungen durch sein Herz ging, zuerst in leisen Seufzern vor sich hingesungen, dann wurden Lieder daraus, Lieder mit Texten, und diese Texte hatte er zu Papier gebracht. Und nun ging das Gerücht, bei den Politischen hier sitze ein Dichter ein! Dem wollte er die Blätter zeigen. Er wollte ihn fragen, ob das Gedichte sind und wie man welche macht. Auch wenn der Direktor der Meinung wäre, ob einer vor oder nach dem Dichten stirbt, sei egal.

Hayri betrat die Zelle der Politischen mutig, aber mit ehrfürchtiger Scheu. Sofort wurde er freundlich begrüßt. Er sah sechs Männer. Zwei lasen Bücher, einer Zeitung, einer schrieb, einer schälte Kartoffeln, einer scheuerte den Boden rund um das Klo.

Hayri grüßte und nannte seinen Namen. Im Laufe der nun folgenden Tage fand er heraus, daß der, der heute hier Zeitung las, ein Arbeiter war, der Schreibende ein Angestellter, der den Boden wischte, ein Student. Die Buchleser waren ein Journalist und ein Schriftsteller, der Kartoffelschäler ebenfalls Arbeiter. Doch wenn er meinte, die Vorrechte und niederen Dienste wären nun einmal so verteilt, so irrte er sich. Bei den nächsten Besuchen sollte er feststellen, daß jedesmal ein anderer las, schrieb, kochte oder saubermachte.

Diese Welt, in die er von jetzt ab täglich eintauchte, war ganz und gar neu für ihn. Den älteren Arbeiter, einen weißhaarigen, aber stämmigen Menschen, redeten sie mit Mein Meister an. Mein Meister benahm sich zu Hayri am herzlichsten. Hayri hätte ihn am liebsten Mein Vater genannt. Als Hayri ihn nach seinem Beruf fragte und Mein Meister antwortete: »Arbeiter«, fuhr es Hayri heraus: »Gott bewahre!«

»Was willst du«, sagte Mein Meister. »Wir bauen die Welt auf. Wir sind mit ihren Stoffen beschäftigt, mit ihren Fehlern und Schönheiten. Ist das nicht eine Ehre?«

Bei den ersten Besuchen erinnerte sich Hayri an die Ermahnungen des Direktors und paßte auf, daß seine Gedanken nicht vergiftet würden. Doch nach und nach merkte er, daß diese sechs gerade so dachten, wie er selber eigentlich denken wollte.

Was seine Gedichte betraf, so war es dann doch Mein Meister, der sich am meisten mit ihnen abgab. Der Schriftsteller war ein stiller Mann, sprach wenig und schrieb fast immer. Überhaupt sorgte sich Hayri, daß er stören könnte mit seinem Geplauder, aber Mein Meister – sein Name war Ragip – hieß ihn für jede Stunde des Tages willkommen. Manchmal hockte sich Hayri nur wortlos in eine Ecke und sah ihnen zu. Auch dabei lernte er erstaunliche Dinge. Er glaubte zum Beispiel, daß der kloputzende Student vom ersten Mal diese Arbeit immer verrichtete, doch am nächsten Tag fand er einen anderen mit Wischen beschäftigt. Als er einmal Mein Meister beim Steinescheuern antraf, sprang er hinzu und wollte ihm die Arbeit abnehmen, der aber lachte nur: »Laß doch, ich bin an der Reihe, mein Lieber. Wenn ich erst zu alt bin zum Saubermachen, dann erlauben es mir die Freunde sowieso nicht mehr!«

Die Arbeiten gingen also reihum, die Annehmlichkeiten auch, sogar das Vorrecht, die Zeitung als erster zu lesen! Nur der Koch kochte immer, denn keiner tat es ihm gleich in der Kunst, erbärmliche Zutaten in ein leckeres Gericht zu verwandeln.

»Mein Meister, habt ihr keinen Obmann?« fragte Hayri eines Tages.

Ein Obmann war einer, der weder Geld besaß noch Besuch bekam, ein armer Teufel also, der fegte, Suppe holte und die bessergestellten Sträflinge bediente. Vor allem waren die Obmänner Sklaven der Flurbosse, von denen sie denn auch ausgesucht wurden, für jede Gruppenzelle einer. Am Ende der Woche sammelten die Zellenbewohner untereinander Geld ein und entlohnten damit ihren Obmann.

Zu des Barbier Hayris Zeiten war der oberste

Flurboß von Paşakapisi ein gewisser Bock Rahmi, ein übler Kerl, kurzbeinig, spindeldürr, ein wenig dem Ilhami aus Tophane ähnlich, doch älter und feiger. Er hatte eine beträchtliche Zahl von Leuten umgelegt, immer aus dem Hinterhalt. Sein letztes Werk hier war die Ermordung des Weißen Nuri gewesen, eines Helden, der eine Woche vor der Entlassung stand. Zwar hatte der Gefängnisdirektor wohlweislich dem Bock Rahmi die Leitung des anstaltseigenen Barbierladens übertragen, um ihn zu beschäftigen und ruhigzuhalten, hatte dem Unhold aber gerade auf diese Weise einen Winkel beschert, wo er seine kleinen Massaker planen und seine Handlanger ausbilden konnte. Der Barbierladen lag neben dem Besuchsraum. Als der Weiße Nuri dort seine Mutter zum letzten Besuch empfing und sie in der Vorfreude seiner baldigen Freiheit schwelgten, ließ Rahmi seinerseits sechs Gesellen auf ihn los, um ihn zu erstechen. Anschließend habe Rahmi sich auf den durch dreiundzwanzig Messerstiche getöteten Nuri gekniet, das eigene Rasiermesser hervorgenommen und die Leiche wie Porree zerstückelt.

Selbiger Bock Rahmi war soeben aus der Dunkelhaft zurückverlegt und zum obersten Flurboß gewählt worden, als Hayri im Hause eintraf. Sein ihm vorauseilender Ruhm ließ vermuten, daß er Bock Rahmi entthronen würde. Doch weit gefehlt. Hayri hielt sich von allen Intrigen fern und sein gespartes Geld beieinander, er mied das Kartenspiel und erhob nicht den üblichen Anspruch des Todeskandidaten auf Haschisch- und Heroingeschäfte. Nun erst recht wuchs in seiner Umgebung das Mißtrauen. Keine sieben Tage vergingen, da sandte der Bock dem Barbier eine Geldsumme und dazu den Bescheid, mit diesem Betrag dürfe der Neuankömmling in Zukunft regelmäßig rechnen. Hayri schickte das Präsent zurück mit den Worten: »Es lebe mein Bruder Rahmi! Zur Zeit leide ich keine Not. Sollte ich je in Not geraten, so wäre mein Bruder Rahmi der erste, an den ich mich wenden würde!«

Bock Rahmis Laune besserte sich nach dieser Antwort keineswegs. Im Gegenteil. Nunmehr stand fest, daß ein Kampf auf Leben und Tod auf ihn zukam.

Was den Barbier Hayri betrifft, so hatte dieser in der mehrjährigen Schule des Sträflingsdaseins ganz einfach begriffen, worauf es ankommt. Er legte sich sofort eine vierköpfige Leibgarde zu. Solche Maßnahmen bereiten in Haftanstalten keine Schwierigkeiten. Allerdings muß einer seine Leute ernähren. Ferner mußte er selbst unverzüglich jenen Bock auf die Probe stellen. Eine Gelegenheit hierzu ließ kaum auf sich warten. Ein Häftling mittleren Alters kam zu ihm und klagte ihm seine Not. Er sei arm, habe Familie draußen und noch sieben Jahre abzusitzen. Er wolle Obmann werden.

Barbier Hayri übersandte daraufhin Bock Rahmi eine entsprechende Wahlempfehlung. Selbigen Tags ernannte Rahmi den Mann zum Obmann, sogar in der eigenen Zelle. Das hieß, er fürchtete sich, oder, er führte etwas im Schilde.

»Mein Meister, habt ihr keinen Obmann?« hatte Hayri also gefragt, worauf Mein Meister antwortete: »Unsere Arbeit schaffen wir selbst.«

Doch auch in der Zelle der Politischen dauerte der Frieden nicht ungestört an. Eines Morgens wurde ein siebenter Mann eingeliefert. Von Stund an gab es Streit wegen des gemeinsamen Essens, das sie Kommuna nannten. Der Mann weigerte sich, die Regeln der Kommuna anzuerkennen, die da lauteten: Einmal pro Woche zahlt jeder Zelleninsasse Geld ein, soviel er kann. Dieses Geld deckt die Kosten für: täglich 1 Frühstück, 2 größere Mahlzeiten, 3 x Tee, 2 Zeitungen. Am meisten gab der Journalist, Meister Ragip die Hälfte davon, der Angestellte noch etwas weniger. Der Student hatte kein Geld und bekam auch keinen Besuch. Der jüngere Arbeiter war zwar mittellos, doch brachte seine Frau ihm zu den Besuchstagen Lebensmittel, die er sogleich an die Kommuna ablieferte. Die Kommuna war durchaus geschäftstüchtig. Gelesene Zeitungen wurden kiloweise weiterverkauft. Die Brotration, ein Brot pro Tag und Häftling, war ihnen, da der Koch sich genügend andere Gerichte einfallen ließ, zu reichlich. Zu sechst verzehrten sie nur vier Brote. Die übrigen zwei setzten sie, mit einiger Mühe, in Obst um.

Der siebente Mann hielt sich aus diesen Abmachungen heraus. Weder wollte er einen Anteil zahlen noch sich etwas schenken lassen. Er zischte böse: »Was ich esse, geht keinen was an.«

»Gut«, sagte Mein Meister nach einer Pause, »dann brauchst du natürlich auch nicht abzuwaschen oder Kartoffeln zu schälen. Nur saubermachen mußt du, alle sieben Tage einmal.«

»Ich mache nichts.«

»Wir benutzen hier alles gemeinsam, die Zelle, den Zellenvorraum, das Klo, das Waschbecken.«

»Na und.«

Der siebente Mann besaß eine Ehefrau, die ihn täglich mit köstlichen Speisen versorgte. Angeblich hatte er bei einer Fabrik als Lastwagenfahrer gearbeitet. Keiner kannte ihn. Jeden Tag saß er da und schlang die Gänge in sich hinein: Suppe, Fleischgericht, Nachtisch. Hayri, der das mit ansah, wollte vor Zorn platzen.

Nach etwa zwei Monaten wurde die Strafe des Siebenten vom Revisionsgericht bestätigt. Schlagartig hörten die Essenslieferungen auf. Die Ehefrau hatte die Scheidungsklage eingereicht. Der siebente Mann nagte noch ein paar Tage an beiseitegelegten Resten, dann plötzlich begann er Kartoffeln und Zwiebeln zu schälen und abzuwaschen. Trotzdem lud keiner der anderen sechs ihn zur Kommuna ein. Jetzt war die Reihe am still in der Ecke hokkenden Hayri, sich zu wundern. Der Kerl war ein Dummkopf, sollte er deshalb so grausam bestraft werden? Endlich sagte Mein Meister zum Siebenten: »Draußen verteilen sie Roter-Halbmond-Suppe. Geh, hol sie dir doch!«

Hayri erregte sich immer mehr. Diesmal verließ er nicht, wie sonst, die Zelle der Politischen zur Essenszeit. Er blieb wie festgenagelt am Boden sitzen.

»Geh zur Küche!« rief Mein Meister dem Siebenten nach. »Frag nach einer größeren Schüssel. Laß sie dir vollfüllen.« Der Siebente kehrte alsbald mit der Schüssel voll Brühe zurück. Mein Meister rief zum Koch hinüber: »Freund, von heute ab steht uns täglich eine Schüssel Roter Halbmond ins Haus. Meinst du, man kann ihn mit unserem Essen vermischen?«

»Klar!« rief der Koch. »Sonst ist das Zeug ja nicht runterzukriegen. Aber immerhin, ein paar Körner, eine Spur Salz und eine Ahnung von Fett – wir machen was draus!«

An jenem Tag ließ Hayri sich zum ersten Mal zum Essen einladen, und nun saßen sie gleich zu acht am Tisch: die sechs Eingesessenen, der Siebente und er. Es gab Kartoffeln und Pilaw, ein Festmahl.

Jeden Nachmittag, nachdem sie geruht hatten, versammelten die Politischen sich zur Diskussion. Sie sprachen über ein vorher festgelegtes Thema. Manchmal bereitete sich einer darauf vor. Hayri lauschte schweigend und versuchte, irgend etwas zu begreifen. Der Journalist redete ganz und gar unverständlich. Dabei hatte er neulich, als Hayri ihm seine Gedichte zeigte, knapp und deutlich gesagt: Klar, Freund Hayri, das taugt was, auch wenn kein Buch daraus wird, schreib weiter. Hier aber reihte er ausgefallene Wörter zu langen Sätzen aneinander, worauf der Student und der jüngere Arbeiter ihm mit noch längeren Sätzen und noch fremderen Wörtern beipflichteten oder widersprachen. Hayri wartete nur, bis Mein Meister etwas einwarf, das konnte er wieder verstehen. Mein Meister hielt auch einmal einen Vortrag. Er sprach über Veränderung. In der Welt gibt es kalt und warm, Licht und Dunkel, Ja und Nein. Nur Licht oder nur Dunkel gibt es nicht. Jedes hat seinen Gegensatz. Das ist immer ein Kampf. In diesem Kampf wird etwas vernichtet, und etwas Neues entsteht. Aber das Neue findet auch schon seinen Widerspruch vor, und die Bewegung geht weiter. Da kann niemals Stillstand sein. Auch tote Dinge verändern sich, aber am meisten der Mensch.

Ja, darüber konnte man nachdenken.

Eines Nachts wäre beinahe ein Unglück passiert. Hayri träumte heftig, er schrie und stöhnte so laut, daß nicht nur die Zellengenossen, sondern der ganze Flur wach wurde. Als erste waren seine vier Leibwächter auf den Beinen, sie paßten auf, daß er nicht von der oberen Liege des zweistöckigen Pritschengestells herunterfiel. Als sein Gebrüll und Gestrampel nicht nachließ, meldete sich Hodscha Abdurrahman aus der unteren Reihe: »Aufwecken! Schnell!«

Hodscha Abdurrahman war von höchst seltsamem Wesen. Er war einer frommen Sekte beigetreten, jedoch erst, nachdem er wegen Nötigung, Vergewaltigung, Anstiftung zum Totschlag und eigenhändigen Mordes hinter Gittern saß. Um so eifriger pflegte er hier das Pflicht- und das Flehgebet, schwang den Rosenkranz und hob die Stirn nur vom Teppich, um die Füße zur Waschung zu netzen. Bock Rahmi bezeigte ihm seine Gunst. Hodscha Abdurrahman war reich.

»Aufwecken!« krähte er noch einmal. »Schnell!«

Einer der Leibgarde rüttelte Hayri an der Schulter und rief:

»Bruder! Bruder Hayri, was ist dir?«

Das war das Verkehrteste, was man tun konnte. Hayri erwachte halbwegs und blickte in so viele aufgerissene Augenpaare, wie außer ihm Männer in der

Zelle wohnten. Kaum bei Verstand, wußte er: Dies ist die Stunde des Überfalls. Er ließ ein ohrenbetäubendes Geheul los und schlug zugleich mit der linken Faust gegen die Mauer hinter dem Kopfende. Der Putz fiel ab, und die Rohrfütterung der Gipswand wurde sichtbar. Ein weiterer Faustschlag, und ein Loch entstand, aus dem Hayri blitzschnell mit der anderen Hand einen Revolver herauszog. Die Zellenbesatzung stand sprachlos. Vor wenigen Tagen war Razzia gewesen. Gendarmen hatten in den frühen Morgenstunden nach Waffen gesucht und einen ganzen Berg Messer, Dolche, Spieße und auch einen Revolver zusammengebracht. Bei diesem Helden Hayri aber hatte man nichts dergleichen gefunden.

In die Pause aus Schreck und Ehrfurcht hinein fragte Hayri, allmählich zu sich kommend: »Leute, was ist eigentlich los?«

»Du hast geschrien im Schlaf, Bruder Hayri, und im Bett getobt, deswegen haben wir dich geweckt!«

Hayri setzte die Miene eines Flurbosses auf und murmelte: »Was steht ihr hier alle herum! Los, geht schlafen!«

Hodscha Abdurrahman indessen war längst durch den Vorraum, über den Flur und gegenüber in die Zelle des Bock Rahmi geeilt, um Bericht zu erstatten. Rahmi, ständig in Lebensangst, schlief niemals anders als den flachen Schlaf des Schakals, diesmal waren sie außerdem alle durch den Lärm jenseits des Flurs geweckt worden. Es wurde also ernst. Der Barbier besaß eine Maschine, jederzeit greifbar, hinter der Pritsche! Man mußte dem zuvorkommen, gleich, heute noch!

Auch dem Barbier Hayri war das Schlafen vergangen. Er zog sich an, steckte die Waffe ein und trat auf den Flur. Zwei seiner Männer folgten ihm. Er sagte: »Laßt nur, legt euch wieder hin!« und begann, ganz allein auf und ab zu gehen. Unglaublich, dieser Held. Hast du gesehen, wie er hinter dem Kopfende das Ding herauszog. Herz hat er, aber Handgelenke auch. Bis zum Morgen läuft er jetzt draußen zickzack.

Hayri, immer noch im Bann seines Traums, wartete ungeduldig auf den ersten Morgenschimmer und den Augenblick, da die Zelle der Politischen geöffnet würde. Als der Wärter angeschlurft kam und den Schlüssel umdrehte, ging er hinein. Mein Meister sah ihn an und nahm ihn beiseite.

»Was ist geschehen, Freund?«

»Ich habe geträumt...«

»Dann erzähle.«

»Ich habe den Vater gesehen von dem Jungen, den ich erwürgt habe, mit seinen grellblauen Augen, er zwang mich wieder...«

Mein Meister zog ihn auf die Holzbank im Vorraum. Hayri kämpfte mit den Tränen: »... das alles war aber im Sultan-Ahmet-Gefängnis, im Hamam, als ich Flurboß war. Ich wollte den Mann erstechen, da wurde er König Kamil und zog auch seinen Spieß. Plötzlich kam meine Mutter dazwischen, sie hatte ein totes Kind auf dem Arm, diesen Jungen ... Ich konnte König Kamil nicht treffen, weil immer meine Mutter davorstand, aber Kamil stach in einem fort auf mich ein ...«

Mein Meister hatte Mühe, den schluchzenden

Hayri zu beruhigen. Er habe da zwar eine Tat getan. Aber vor einer Tat stehen die Umstände, die zu der Tat hinführen. So sei es eben ...

Als Hayri ihm die Hand geküßt und die Zelle verlassen hatte, sprach der Oberobmann ihn an: »Bruder Hayri, der Direktor möchte dich sprechen.«

Der Direktor war ein älterer Herr, kurz vor der Rente. Unruhe und Zwischenfälle waren ihm zuwider. Er bot dem Barbier einen Stuhl an. Auf die Ereignisse der Nacht kam er nicht zu sprechen.

»Mein Sohn«, sagte er, »ich bin mit dir zufrieden. Du befolgst die Regeln des Hauses. Trotzdem, du verbüßt eine schwere Strafe, und dir möchten die Geldvorräte ausgehen. Ich habe darum beschlossen, dir die Leitung des Barbierladens von Paşakapisi zu übertragen.«

»Besten Dank, aber das geht nicht!« sagte Hayri.

»Warum nicht, mein Sohn?«

»Ich will mir keine Neider schaffen. Das wäre gefährlich. Auf den schönen Laden haben schon viele ein Auge geworfen.«

»Mein Sohn, du bist ja kein Mensch, der es nötig hätte, selbst zu balbieren. Du kannst dir dafür Angestellte halten.«

»Ach, nicht deswegen! Die Arbeit ist mir nicht lästig, sie ist mein Beruf!«

Der Direktor ließ nicht locker, und Hayri willigte ein. In zehn Tagen wolle er anfangen. In zehn Tagen, wußte der Direktor, würde Hayri, mit Gottes Hilfe, nicht mehr im Hause sein. Doch diese Tage galt es, ohne Schlamassel und Zellenschlachten zu überstehen. Das hieß, der Barbier, einer der krausesten Helden der Verbrecherwelt, mußte auf jede nur erdenkliche Weise geködert und abgelenkt werden. Der Herr Direktor schnaufte erleichtert.

Am Abend gab es erneut eine Großrazzia. Jeder Winkel in Zelle und Waschraum wurde nach Waffen durchkämmt, jede kleinste im Farbton verdächtige Stelle im Wandputz mit Gewehrkolben abgeklopft. Was ein gewitzter, lang genug einsitzender Barbier Hayri war, der hatte natürlich im rechten Augenblick seine Leibgarde entwaffnet, und auf dem riesigen Haufen der Fundstücke, bestehend aus Nägeln, Stangen, Eisenbeschlägen, Messern, Rasierklingen, befand sich nicht ein einziger spitzer Gegenstand, der dem Leibe oder der Habe Hayris entstammte.

Bock Rahmi sann auf Mord. Hodscha Abdurrahman, Rahmis Mitwisser und Hayris Mitwohner, erhielt umfängliche Befehle. Ständige Beschattung war nicht alles, was die arme Seele des Hodscha zu leisten hatte. Zuvor hatte sie einen Brief aufzusetzen, Strafanzeige zu Händen des Vollstreckungsrichters und des Staatsanwalts, Inhalt: In der Vollzugsanstalt Pasakapisi haben die Politischen mit den gewöhnlichen Häftlingen freien Umgang. Propaganda der schlimmsten staatsgefährdenden Sorte setze sich durch. Der Anstaltsleiter stelle sich blind.

Die Wirkung, vielmehr die Person des Staatsanwalts, kam prompt, durchsuchte eigenhändig die Zelle der Politischen nach Literatur und Laster, machte zwar keine sensationellen Entdeckungen, doch wies er die Anstaltsleitung an, in Zukunft jede

Berührung mit herkömmlich Straffälligen zu unterbinden.

Der Direktor rang die Hände.

Wann endlich wird der Barbier nach Sultan-Ahmet zurückverlegt? Wie viele Tage noch schwebt über uns das Schwert des Verhängnisses?

Als Hayri aus der Zelle der Politischen heraustrat, sprach der Oberobmann ihn an: »Bruder Hayri, der Direktor möchte dich sprechen.« Hayri begab sich zum Büro der Gefängnisverwaltung.

»Hier bin ich, verehrter Herr.«

»Setz dich, mein Sohn. Du machst mir Freude. Mit der Gunst Allahs wirst du in wenigen Tagen den Barbierladen übernehmen.«

»Danke, Herr Direktor.«

»Ich habe nur einen Wunsch.«

»Bitte, Herr.«

»Du wirst die Politischen nicht mehr besuchen. Anordnung des Staatsanwalts. Es gab Beschwerden.«

»Und wenn ich auf den Laden verzichte?«

»Hayri, mein Sohn, vermische das eine doch nicht mit dem anderen! Du stürzt uns ins Unglück! Es geht um meinen Kopf!« Wann holen die von Sultan-Ahmet uns diese Plage vom Hals? Ist der Transportschein noch nicht eingetroffen?

Barbier Hayri verließ das Büro wortlos.

Bock Rahmi verbrachte den Tag in ungewöhnlicher Geschäftigkeit. Noch vor dem Abend traf der Transportschein ein.

Es ging darum, einen Verurteilten heil an den Galgen zu bringen, und darum hatte die Anstaltsleitung auf sein Leben und seine Gesundheit zu achten.

Andernfalls wäre der erzieherische Effekt der Vollstreckung hinfällig. Eine schlappe oder gar posthum aufgeknüpfte Leiche konnte in ihrer Wirkung auf das Volk nicht mit dem plötzlichen Hinwelken eines frischen, prallen Menschenkörpers verglichen werden. Davon abgesehen, würde es auch von Unmenschlichkeit zeugen, eine kranke, beschädigte Person zum Galgen zu schleppen. Und dort ging es jetzt hin, die Rückverlegung ins Stadtgefängnis war ein sicherer Schritt in die Todesrichtung. Das Urteil war vom Parlament ratifiziert und vom Staatsoberhaupt unterschrieben worden. Alle Maßnahmen hatten in unendlicher Vorsicht zu geschehen, damit der Betroffene nicht in Panik geriet und sich am Ende, vielmehr vor dem Ende, gar noch ein Leid antat.

Hayri war rasch geholt. Zwei Gendarmen legten ihm Handschellen an. Auch sein Holzkoffer, vollgestopft mit seinen Habseligkeiten, stand schon neben ihm. Der Direktor, in erregter, weichherziger Stimmung, erläuterte ihm weitschweifig Gründe und Vorwände für seinen erneuten Anstaltswechsel, doch Hayri antwortete nur: »Ich weiß Bescheid, mein Herr.«

Der Direktor fragte, ob er noch einen Wunsch habe.

»Ja«, sagte Hayri. Er wolle ein letztes Mal zu seinen Freunden gehen.

Dem Direktor traten Tränen in die Augen. Wie viele Schuldige hatte er hinziehen sehen zum Galgen, doch keiner war so wie dieser hier. Ruhig und fein war er geworden in der Zeit seiner, des

Direktors, Obhut, und keiner Ameise würde er je im Leben mehr Schaden zufügen. Dennoch, einen Todesanwärter in Handschellen auf Besuch in die Zellen zu schicken, so etwas wäre sittenwidrig.

»Hayri, mein Sohn«, sagte er, »mit welchem deiner Freunde möchtest du sprechen? Ich werde ihn holen lassen.«

»Er heißt Ragip. Aus der Zelle der Politischen.«

Minuten später blickte Hayri in das lächelnde Gesicht von Mein Meister.

»Ich werde jetzt nach Sultan-Ahmet gebracht«, sagte Hayri.

»Dann auf Wiedersehen, Freund Hayri!«

»Nein, nicht auf ein Wiedersehen.«

Mein Meister umarmte Hayri. Dem waren die Hände gefesselt. Er errötete nur.

»Darf ich dir noch einmal Gedichte schicken, Mein Meister? Mit der Post?«

Gedichte – das einzige, was ein Mensch in seiner Lage hinterlassen kann!

»Selbstverständlich«, sagte Mein Meister und schluckte. »Du schickst sie mir.«

Hayri hob die Hände mit den Handschellen über den Kopf, rief »Lebt wohl!« und ließ sich von den Gendarmen hinausführen.

Im roten Gefängniswagen sitzend, wirbelten anstelle der Häuser, die er nicht sehen konnte, die Gedanken an ihm vorüber. Gold und Platin rosten nicht. Aber wenn sie in den Dreck fallen, werden sie schmutzig. Das einzige, das nie schmutzig wird, ist das innerste Wesen des Menschen. Es kann sich verstecken oder verschüttet werden. Du sollst immer helfen, jedem und in jedem Augenblick. Weil dein Inneres weder verdreckt noch rostet, ist das möglich. Wir Menschen meinen, wir sind frei. In Wirklichkeit sind die Milliarden winzigen Zellen in uns mit der großen Menge der Menschen verknüpft, unter denen wir leben. Warst du denn frei, als du es tatest, damals? Oder anders: Warst du es, der es tat?

Das Gefängnisauto stand im Bauch der Bosporusfähre von Üsküdar nach Istanbul Altstadt.

»Mein Meister!« rief Hayri, »ich habe keine Zeit gehabt zu helfen! Weder mir noch anderen!«

Der Ruhm des Barbiers erreichte die altvertrauten Gesellen früher als dessen Person. Hayri hat in Paşakapisi nach dem Rechten gesehen. Läßt sein Messerchen blitzen und sein munteres Spießlein Flammen spritzen. Keift mit den Wärtern, seift die Strolche ein, schleift die Flurbosse an den Haaren. Der die Habenichtse ernährt, den Vater-Adams goldene Äpfel beschert und zum Frühstück gebratene Prügelknaben und Lustknaben verzehrt. Wer Küchenschaben vor den Wagen spannt, wird entmannt. Wer sagt, ein Floh wiegt ein Kilo, den wirft Hayri ins Klo. Ein Däumling, aber oho. Erdrosselt ein Dutzend Dümmlinge mit einer Hand. Tritt mit einer einzigen Zehe zehn zischelnde Nattern und zwanzig tuschelnde Gevattern in den Sand. Ihm dienen die artesischen Brunnen, die chinesischen Spinnen, die paradiesischen Dschinnen. Ein halbes Herrchen, aber ein Heldenherzchen. Heimlicher Gittergott aller Zellen und Zeiten!

Willkommen, Hayri!

Weilst du wieder bei uns, Augenweide!
Gott schütze dich vor bösen Blicken!
Gott schütze uns vor deinen bösen Blicken!
Ruh aus bei uns, trink Tee bei uns, wünschst du ihn honigfarben, wünschst du ihn hasenblutfarben.
Wir haben uns erlaubt, dein Gemach zu schmücken.
Dein Wille ist unsere Lust.
Deine Lust ist uns heilig.
Hayri sagte: Es gibt keine schlechten Menschen. Das innere Selbst wird nicht rostig und nicht schmutzig ...
Gott schütze!
Die Anstaltsleitung von Sultan-Ahmet beauftragte den Barbier Hayri wiederum mit der Wasserausgabe im Hamam. Er sollte sich an vertrautem Platze behaglich fühlen, ohne Arg und Ahnung, was kommen würde. So vergingen die Tage. In seiner Zelle saß der Gnädige Herr mit der Brille, sprach über Politik und Päderastie sowie über die Abschaffung der Todesstrafe. Er erhob seine Stimme und las:

Am 4. November 1950 wurde in Rom die Europäische Konvention zum Schutz der Menschenrechte und Grundfreiheiten unterzeichnet. Die Türkei hat die Konvention am 10. März 1954 mit dem Gesetz Nr. 6366 ratifiziert.

5. Kapitel

Bericht von Massnahmen am ersten Tag des Hinrichtungsspektakels sowie von einigen zurückliegenden Vorfällen

Die Hinrichtungsstunde des Barbiers Hayri stand fest. Das Todesurteil war vom Revisionsgericht, sodann vom Parlament bestätigt und vom Präsidenten der Republik unterschrieben worden. Staatsanwaltschaft und Gefängnisdirektion steckten mitten in den praktischen Vorbereitungen des im Beisein von Volksmassen zu vollstreckenden Galgentods. Was Hayri betraf, so befand er sich bereits im Verbringungsraum Kapali, wohin Todeskandidaten für gewöhnlich zwei bis drei Tage vor der Exekution verlegt wurden.

Besondere Sorgfalt war auf die Vorladung des Henkers Ali zu verwenden. Ali, genannt der Schwarze, weil er von Zigeunern herstammte, galt als einzige zum Akt des Henkens befugte und befähigte Person und als schlechthin unersetzlich. Um so heikler gestaltete sich der Akt, seiner habhaft zu werden. Denn leider, entgegen allen Fürbitten Alis, gehörten Hinrichtungen zu den seltener angewandten Maßnahmen des Strafvollzugs und wurden zudem schlecht bezahlt. Eine Anstellung auf Lebenszeit hatte der so geschätzte, doch benachteiligte

Henker nicht erwirken können. Sei es aus diesen oder anderen Gründen, er führte das zweifelhafte Dasein eines Obdachlosen, und noch zweifelhafter waren die Tätigkeiten, mit denen er sich von Tod zu Tod über Wasser hielt. Je mehr er in die Jahre kam, desto anrüchiger und armseliger wurden die Aufenthaltsorte, aus denen man ihn buchstäblich hervorzuzerren hatte, wurde er von Staats wegen gebraucht.

Wenn wir hingegen das Leben des Barbiers Hayri betrachten, wie es sich ihm in den letzten Tagen vor seiner Verbringung in die zugegeben finstere Kammer des Kapali darbot, so mutet uns dieses geradezu idyllisch an.

Es war genau die Jahreszeit der ausschlüpfenden Spatzen. Das Spatzengelärme im Gefängnishof war so laut, daß die Häftlinge kaum ihr eigenes Wort verstehen konnten. Die meisten Jungvögel hatten bereits ihre Eischalen zerbrochen und saßen schnäbelreckend in den Nestern, um sich von den herbeifliegenden Vaterspatzen und Mutterspatzen mit Futter vollstopfen zu lassen. Dann ging es ans Fliegenlernen. Die Eltern waren unermüdlich im Einsatz. Sie hatten die Nester, der Flugschule günstig, in niederen Mauerlöchern angelegt, vielmehr in den durch abbröckelnden Putz entstandenen Hohlräumen, in den Ritzen verrotteter Fensterverschalungen und in den Mulden der undicht und unnütz herabhängenden Regenrinne. Die kleinen Spatzen trauten sich nicht vom Nestrand in die leere Luft, doch die Alten schlugen über ihren Köpfen mit den Flügeln und, ließ ein Junges sich endlich fallen, begleiteten es zu beiden Seiten oder auch unterhalb, als wenn sie es notfalls auffangen könnten. So lernten die Kleinen, den Weg zu finden und an der beabsichtigten Stelle sanft niederzugehn, um auszuruhn. Danach trugen die Alten sie wieder ins Nest.

Hayris Hauptbeschäftigung in diesen Tagen war, die Vater- und Mutterspatzen beim Flugunterricht zu unterstützen. Frühmorgens lief er in den Hof hinunter, hockte sich auf die Erde, hob den Kopf und teilte die Ängste der Kleinen wie die Fürsorge der Großen. Als einmal ein Spatzenjunges beim Flattern gegen die Hofmauer prallte und herunterfiel, lief er hin und nahm es in die Hand. Er fühlte sein winziges Herz klopfen. Die Eltern kreisten um Hayris Kopf und zeterten. Hayri öffnete langsam die Finger. Das Spätzchen schüttelte sich und hob ab. Das Zorngeschrei der Eltern verwandelte sich in ein vergnügtes Zwitschern, während sie den Kleinen heil ins Nest geleiteten.

Der Gnädige Herr mit der Brille, der ebenfalls schon zur Morgenstunde an der gewohnten Stelle im Schatten Platz genommen hatte, führte wie üblich Reden und klärte die Handvoll um ihn her sitzender Mithäftlinge über näher- und fernerliegende Weltereignisse auf. Er verlor sich über einen gewissen Unhold, der zwar, man bedenke, einen sechsjährigen Knaben mißbraucht und obendrein erdrosselt habe und der nichtsdestoweniger hier nun seiner Feinfühligkeit für die Nöte der Spatzen fröne.

»Meine Herren«, rief er aus, »dies ist das Symptom einer krankhaften Veranlagung! Es ist auch bekannt, daß Nazi-Offiziere, die Tausende Menschenleben auf dem Gewissen hatten, beim Anblick eines Vogels mit gebrochenem Flügel in Tränen ausbrachen!«

So und ähnlich, mit Spatzen und Kommentaren dazu, wäre das Gartenleben wohl noch eine Weile weitergegangen, wenn eben nicht das Todesurteil des Barbiers bestätigt worden wäre und somit zur Vollstreckung anstand. Gewöhnlich wurde solches vor den anderen Häftlingen verheimlicht. Man hatte schlechte Erfahrungen gemacht. Wie Vieh auf dem Weg zum Schlachthof durch Blutgeruch, oder was er sonst immer sei, in wilde Raserei verfällt, so hatte es schon Randale und Rebellion oder schlicht Widerspenstigkeiten gegeben, falls etwa eine Zeitungsmeldung zu früh durchgesickert war. Meist wollte gerade die Person, die erhängt werden sollte, nicht im geringsten erhängt werden und verweigerte Haltung und Disziplin. Derlei Verwicklungen galt es zuvorzukommen, indem man den Betroffenen rechtzeitig ins Kapali einsperrte. War die Leiche erst einmal vom Strick, verfielen die restlichen Gefängnisinsassen zunächst in dumpfes, brütendes Schweigen. Ja, man kann sagen, daß eine gelungene Hinrichtung in der Anstalt tiefe Ruhe auslöste. Nur langsam, im Laufe der kommenden Tage, schwand die Bedrückung, und das geschwätzige, bunte, einzigartig bewegte Gefangenenleben nahm erneut seinen Anfang.

Also saßen der Gefängnisdirektor, der Oberaufseher, einige Flurwärter und der Gerichtsschreiber zusammen, um über einen Vorwand zu diskutieren, unter welchem der Barbier namens Hayri recht unauffällig in Isolierhaft gesteckt werden könne. Der Gerichtsschreiber hatte einen, der Oberaufseher verwarf ihn, doch weiter kamen sie nicht, denn eben brach aus Richtung des Trakts der vornehmen Inhaftierten ein Gebrüll und Getöse los, daß alle aufsprangen und sich zum Gefängnishof in Bewegung setzten. Direktor und Schreiber traten ein wenig zur Seite und ließen dem Oberaufseher den Vortritt, der, als er die Nase in den Hof streckte, einen seltsamen Zug sah: Zwei Häftlinge schleiften einen dritten quer über den Hof zur Krankenstube. Dieser dritte, dessen Kopf nach der dem Betrachter abgewandten Seite herunterhing, war dennoch unschwer als der Gnädige Herr zu erkennen. Sein Hosenschlitz war aufgeknöpft und die Hose liederlich bis auf die Unterschenkel gerutscht. Zwischen seinen Beinen sprudelte hellrotes Blut.

Wenig später wurde der Gnädige Herr in ein städtisches Krankenhaus eingeliefert, wo Posten an den Türen seines Schlafsaals Wache hielten. Der einweisende Anstaltsarzt schrieb einen Bericht mit folgendem Wortlaut:

Gefangener Name ... Nummer ..., verurteilt und inhaftiert wegen Urkundenfälschung, beklagte sich beim Medizinischen Stützpunkt der Haftanstalt wegen Kastration seines Penis. Die Untersuchung bestätigte die Beobachtung des Beschwerdeführers. Die Wunde konnte genäht, die Blutung gestillt werden. Verband und Katheter wurden angelegt. Der Verletzte gibt an, der siebzehnjährige Gefangene Name ... habe ihn beim Aufsuchen des Abtritts mit einem Rasiermesser überfallen und amputiert.

Bei Abwehr des Rasiermessers entstand dem Verletzten zuzüglich eine Wunde an der linken Hand. Genannter wurde an die Urologische Abteilung der Klinik ... überführt.

Gez. Dr. ...

Kurz darauf änderte der Gnädige Herr seine Aussage und gab an, er selber, auf Grund von Depressionen und einer Nervenstörung, habe sich entmannt.

Nun sind derlei Selbstverstümmelungen der Fachwelt durchaus bekannt. Sie werden bei mystisch-atavistischen Ritualen vorgenommen, häufiger jedoch von Gemütskranken an geschlossenen Orten wie Kerker, Kaserne, Krankenhaus. Auch längere Perioden der Abstinenz, zum Beispiel Schiffsreisen, wenn keine gegengeschlechtlichen Personen anwesend waren beziehungsweise zur Verfügung standen, haben Fälle solcher Art hervorgebracht, um so zwingender, wenn der Mangel durch Verkehr mit Gleichgeschlechtlichen ausgeglichen wurde, was notwendigerweise die brennendsten Schuldgefühle zur Folge hatte. Als Geste der Reue entfernen die Umkehrwilligsten der Sünder ihr Geschlechtsorgan.

Allerdings legte der beschuldigte siebzehnjährige Gefangene unmittelbar darauf ein Geständnis ab. Er erklärte, der Gnädige Herr habe ihn seit eh und je benutzt und bezahlt. Schließlich aber habe er die pro Befriedigung vereinbarte Summe verweigert, was ihn, den Schuldigen und Beschuldigten, zu solchem Zorn hinriß, daß er dem Herrn das Organ kurzum ratzeputz abschnitt.

Um den Widerspruch der Aussagen einzuebnen, hatte die Anstaltsleitung auch fraglichen jungen Mann auf die Krankenstation geschickt. Der Arzt verfaßte ein Attest mit folgendem Wortlaut:

Die Untersuchung des Gefangenen Name... Nummer... Sohn des... ergab untenstehenden Befund: schmale Stirn, kariöse Zähne, schmächtiger Wuchs. Handinnenflächen und Fußsohlen blau geschwollen. Schließmuskel des Anus schlaff, Umgebung gereizt. Längliche, teils entzündliche, teils vernarbte Einbuchtung. Langzeitige päderastische Ausnutzung steht außer Zweifel.

Die außerordentliche Verwicklung der Umstände und insbesondere die Schande, mit welcher der Gnädige Herr sich hier befleckt hatte, raubte sogar hartgesottenen Gefängnisgemütern die Fassung. Das krähte tagtäglich für Menschenrechte und blähte sich gegen die Perversion! Und nun so etwas!

»Tüh! Mit Sitte und Anstand ist's aus!« brummte einer und spuckte in den Sand.

Hayri hockte wiederum bei den Spatzen. Es war früher Morgen. Über den blutigen Vorfall war eine Nacht hingegangen. Ein paar der Häftlinge schlurften zu Hayri herüber und fanden allmählich am Treiben der Zwitscherleute Gefallen. Einige der Spatzenjungen waren ganz schön feige, sie klemmten am Nestrand und flatterten, aber dachten nicht daran loszusegeln. Die Eltern kreisten und kreischten flügelschlagend über ihren Köpfen, wie um ihnen Wind zu machen. Hayri, der gebannt zuschaute, hob, ohne es selber zu merken, die Arme und senkte sie, er fing an, auf den Zehen zu wippen und in den Knien zu federn, als wolle er die Kleinen ermutigen, wo Fliegen doch die leichteste Sache auf Erden ist, er rief: »Los, Liebling! Flieg, mein Kleines, flieg in die Welt!«

Die anderen Gefangenen fanden sich unversehens wippend und Arme schwenkend, sie alle riefen im Chor: »Los, Liebling! Flieg mein Kleines, flieg doch! Flieg in die Welt!«

Jedem Spatzen, der es wagte, in die Luft zu steigen, folgte ein Freudengeschrei. Da, seht! Der hat es geschafft! Du schaffst es, Spätzchen! Wir schaffen es auch!

Am Tor zum Gefängnishof warteten drei Personen: der Oberaufseher, ein Wärter und der Gerichtsschreiber. Der Schreiber sagte: »Jetzt. Es wird kaum auffallen.«

Oberaufseher und Wärter machten sich auf den Weg und näherten sich der Spatzenszene. Eben war ein Junges heruntergepurzelt, die Eltern lamentierten, Hayri bückte sich und wollte es aufheben, da sagte der Oberaufseher hinter ihm: »Der Direktor wünscht dich zu sprechen.«

Entweder Hayri wußte Bescheid, oder er wußte es nicht. Er bat einen anderen, sich um den Pechvogel zu kümmern, und folgte dem Oberaufseher. Im Kapiali angekommen, nahmen der Oberaufseher und der Wärter Hayri in ihre Mitte. Für den Fall der Fälle, damit weder der Barbier zu schreien anfing noch die übrigen Häftlinge ein Gewese machten, sagte der Oberaufseher: »Los, zum Hamam.«

Ob Hayri begriffen hatte? Im Hamam ließ es sich leichter prügeln, weil das Wehgeschrei dort von den anderen nicht gehört werden konnte. Unterwegs, in einer abgelegenen Ecke, sagte der Oberaufseher: »Mein Sohn, es gibt Beschwerden über dich. Wir müssen dir eine Disziplinarstrafe verpassen.«

»Was für Beschwerden, Vater?«

»Du sollst Wasser verkauft haben, den Kanister zu zweieinhalb Lira.«

Hayri hatte längst begriffen. Doch, um sich zu wehren, und vielleicht, um sich Hoffnung vorzuspielen, murmelte er: »Das ist nicht wahr. Vielleicht hat einer aus der Vater-Adam-Zelle, der mir die Kanister tragen hilft ...«

Er schwieg. Sein Gesicht wurde grau. Wie zum Schein fragte er noch: »Wer beschwert sich denn?«

»Der Direktor. Komm jetzt.«

Widerstandslos ließ Hayri sich im Kapali einschließen, einer feuchten, stinkenden Kammer im Kellergeschoß, wo kein Licht und kein Laut aus den oberen Stockwerken, den Gefangenenfluren, geschweige vom Gefängnishof, je hindrang. Also mußte wohl beim Barbier jener Zustand eingetreten sein, in dem einer, durch unerträgliche Qual und Bedrängtheit, anfängt, Bilder zu sehen und innere Stimmen zu hören, denn er hörte die anderen Häftlinge, hörte sie deutlich rufen: »Flieg, mein Kleines, flieg doch! Flieg in die Welt!«

6. Kapitel

BERICHT VON AMTLICHEN VORGÄNGEN AM ZWEITEN TAG DES HINRICHTUNGSSPEKTAKELS, BEISPIELSWEISE VON DER SCHRIFTLICHEN BENACHRICHTIGUNG ALLER BEIM ERHÄNGEN BETEILIGTEN PERSONEN

Zuvor ein kurzes Wort über die ›Surnâme‹ genannten Chroniken aus alter Zeit, die allerdings gewöhnlich von heiter stimmenden Ereignissen handeln, so etwa von Prinzenbeschneidungen oder Prinzessinnenhochzeiten. Sie sind mit Miniaturen verziert. Die berühmtesten Dichter gehören zu ihren Verfassern. Bei Vehbi lesen wir vom Beschneidungsfest Mehmets des Dritten, Sultan Murats des Dritten ältestem Sohn. Die Feier währte dreiundfünfzig sommerliche Tage – wohingegen unsere Chronik aus republikanischen Zeiten nur von einer viertägigen Veranstaltung redet, an deren Ende der Barbier Hayri vom Galgen schlankweg ins Jenseits befördert wurde.

Im Bericht des Nabi über die Verheiratung der Prinzessin Hatice, Tochter Mehmets des Dritten, treten außer den einhundertfünfzig Köchen des Serails dreihundert auswärtige Köche auf, da dreitausendsiebenhundert Hühner, fünftausend Gänse und sechstausend Enten zu verarbeiten waren ...

Indem ich die bei Nabi aufgeführten Tafelfreuden erwähne, komme ich auf die kümmerlichen Verpflegungsportionen, die unserem Hayri in seinen letzten Stunden vergönnt waren. Zwar war es ihm, seit man ihn wegen jener gewissen, siegreich bestandenen Prügelei angekettet hatte, nicht schlecht ergangen. Aus Angst vor künftigen Auswüchsen seines nicht zu ergründenden Heldentums hatten ihn die besseren Gefangenen mit Köstlichkeiten verwöhnt, die sie eigens aus Restaurants für ihn kommen ließen. Auf den vollbeladenen Tabletts fehlte nur noch die Vogelmilch. Doch die Lage hatte sich gewandelt. Es war durchgesickert, daß Hayri allein deswegen in den Verbringungsraum Kapali verlegt worden sei, weil er muslimischen Mithäftlingen das zur rituellen Waschung notwendige Wasser nicht, wie vorgesehen, kanisterweise ausgeteilt, sondern zu Wucherpreisen verkauft habe. Eingeweihte wußten, daß auch dieses Gerücht nur ein Winkelzug war, um die bereits in der Presse verbreitete Wahrheit zu vertuschen: Das Parlament hatte das Todesurteil bestätigt und Hayri nur noch wenige Tage zu leben.

Wider besseres Wissen also tuschelte man sich in den Gängen zu: »Unfaßlich! Will er die Gläubigen unrein herumlaufen lassen? Gnade, o Allah ...«

»Als sei sein letztes Stündlein nicht nahe! Soviel Dreistigkeit in dieser sterblichen Welt ...«

»Eigentlich hätte ich ihm so was nicht zugetraut, dem Barbier Hayri ...«

In Wirklichkeit brauchten sie vor ihm schlicht keine Angst mehr zu haben, denn sie würden ihn nicht mehr zu sehen bekommen. Wenn einer aber zum Galgen muß, ist es auch gleich, ob man ihn noch mit türkischem Honig mästet und Kölnisch Wasser mit Zitrone versetzt, um ihm ein Scherbet zu bereiten, oder ob er knurrenden Magens und ausgedörrten Schlundes in die Höhe fährt! Hauptsache, man hatte bis hierher sein eigenes Gewissen gefüttert.

Es war wahrlich nicht leicht, diesen Barbier zu verstehen. Ein kleiner hergelaufener Knabenschänder und -mörder, der einerseits die besseren Gefangenen und die Gefängnisleitung unter Druck setzt und andererseits einen Wärter wegen einer geringfügigen, dazu lange zurückliegenden Grobheit um Verzeihung bittet – finde einer da nun den rechten Ton!

Die Wärter jedenfalls vermieden es, ihm ins Angesicht zu blicken. Sofern sie vor der Außentür des Kapali Dienst hatten, achteten sie sorgfältig darauf, daß aus dem Kübel des Roter-Halbmond-Essens das Dicke von unten gefischt und in Hayris Napf gefüllt wurde. Das Roter-Halbmond-Essen, für gänzlich Hilf- und Mittellose bestimmt, bestand an einem Tag aus Bohnen in Wasser, am nächsten aus Kichererbsen in Wasser und abwechselnd so fort. Da die Wärter die Suppe Hayri nicht selbst überreichen mochten, holten sie hierfür einen Mann aus der Vater-Adam-Zelle. Der Vater-Adam, der somit unversehens zu einem lohnenden Auftrag gekommen war, nahm den Napf in Empfang, schlurfte los, zog einen Brocken Brot aus der Brusttasche, tunkte ihn ein, wartete, bis er sich vollgesogen hatte, und verzehrte ihn eilig. Alsdann griff er mit den Fingern in die lauwarme Flüssigkeit, sammelte die Bohnen oder Kichererbsen auf und warf sie sich in den Mund. Was übrig war, schob er, inzwischen beim Kapali angelangt, in die winzige, in die Tür eingelassene Öffnung.

Der Auftrag des Vater-Adam wurde insofern erweitert, als er auch den Behälter mit Urin und Exkrementen zu entleeren hatte. Jedesmal ließ der Wärter anfragen, ob Hayri einen besonderen Wunsch habe. Hayri galt als reich. Ob er etwas Feines aus der Kantine wolle? Oder gar von draußen ... Hayri hatte nur einen einzigen Wunsch. Aus lichteren Zellenzeiten waren da zwei vollgeschriebene Hefte. Zwei Hefte mit Hayris Gedichten. Ob er die einem ›Mein Meister‹ genannten Politischen im Paşakapisi-Gefängnis übersenden dürfe? Zwei Hefte, das war eine heikle Sache. Man wolle sich bemühen. Man versuche es. Nun gut, man verspreche, den Transport in die Wege zu leiten. Gewiß doch.

Der Barbier Hayri mußte natürlich selbst am besten wissen, was an der Geschichte mit dem Wasserhandel dran war, nämlich gar nichts, und also wußte er auch, warum er im Kapali lag. Sein Appetit auf die Roter-Halbmond-Suppe war dementsprechend gering. Einmal jedoch entdeckte er neben den Umrissen der hereingeschobenen Schüssel etwas wie ein eingewickeltes Päckchen. Er griff hin und befühlte es. Eine Tüte mit Weintrauben. Wer die wohl geschickt haben mochte? Immerhin, vor dem Tod ein paar Weintrauben essen, das wäre vielleicht etwas Schönes. Hayri öffnete die Tüte ganz und pflückte einzelne Beeren ab. Auf dem Papier war Schrift. Er kroch in den Lichtschein der Türöffnung zurück. Die Tüte war aus Zeitungsblättern zusammengeklebt. Hayri aß hastig und schüttete die restlichen Beeren auf den Boden. Er glättete das Papier und hielt es so nahe wie möglich an das viereckige Lichtloch, um irgend etwas entziffern zu können.

Fotos von Popstars und Schlagersängerinnen. Ein Wettbewerb, bei dem Strandvillen verlost wurden. Bankanzeigen. Die darunterliegende Seite, vorsichtig abgelöst, war teilweise durch Kleisterspuren unkenntlich. Hier ein Foto von einer Frau. Eine hübsche Frau. Daneben in fetten Buchstaben: *Elektrischer Stuhl ist unmenschlich! 34jährige Mörderin soll durch Giftspritze hingerichtet werden!*

Hayri zitterte. Er forschte nach jedem Wort, das zwischen den Kniffen und Flecken noch lesbar war: … in Texas, USA, aus humanitären Gründen künftig durch Giftinjektionen … Gaskammer und elektrischer Stuhl von zuständigen Stellen als unzumutbar abgelehnt … bisher fünf Todeskandidaten mittels einer Lösung aus Natriumthiopental, in die Handvene gespritzt … Sogar der Henkerdienst wurde erleichtert. Drei Vollzugspersonen geben je eine Spritze, jedoch nur eine der drei enthält … es später unklar bleibt, aus wessen Hand die tödliche Dosis kam. Die Hand des Opfers, auch dies zur Schonung der Staatsbediensteten, ragt dabei aus einem Loch in … Leib unsichtbar auf dem Todesbett in der Zelle ruht. Auch die 34jährige Mary Lou soll …

Hayri fand eine Spalte, die noch ziemlich unzerstört war. Sie enthielt das Interview eines Journalisten mit der Verurteilten. Der Journalist besucht die Frau, die zweimal verheiratet war und einen Sohn hat, in der Dunkelzelle.

Sie ist zehn Jahre älter als ich. Wenigstens hat sie einen Sohn, dachte Hayri.

Der Journalist fragt, wann sie ihren Sohn zum letzten Mal gesehen hat. Sie antwortet: vor der Verhaftung. Warum sie ihn nicht noch einmal sehen möchte, will der Journalist wissen. Mary Lou sagt: nicht unter diesen Umständen.

Hayri weinte. Auch er hatte seine Mutter nicht noch einmal sehen wollen. Zweimal war sie gekommen, er hatte sie nicht empfangen. Er erinnerte sich auch, wie er damals, als er seinen Friseurladen eröffnen wollte, ihre goldenen Armreifen und ihre Ohrringe verkaufte, um das Startkapital zusammenzubringen. Eine Weile überließ er sich seinem Kummer, rollte sich zusammen wie ein Kind und schluchzte, dann las er wieder.

Der Journalist fragt, warum sie ihn so lächelnd empfange. Sie sagt, er sei der erste Mensch seit Monaten, der ihre finstere Zelle betrete, um mit ihr zu reden. Schlaf oder Halbschlaf, manchmal werde sie wach und springt auf die Füße, weil sie glaubt, jemand habe sie mit einer Nadel gestochen. Die Frauen aus den Nachbarzellen schlagen öfters gegen die Wand und schreien: Bleib tapfer, Mary Lou.

Hayri las den Artikel mehrere Male und sagte ihn am Ende auswendig vor sich hin. Als Stunden später erneut ein Napf in die Öffnung geschoben wurde, rief Hayri den Vater-Adam, der in Wirklichkeit blutjung war, an und fragte: »Brüderchen, wer hat denn die Trauben geschickt?«

Der Junge kam nahe heran und flüsterte: »Der Oberaufseher.«

Soviel zur Lage des Verurteilten. In der Kanzlei des Staatsanwalts ging es vergleichsweise hektischer zu. Die Erhängung einer Person gehörte zu den seltenen öffentlichen Ereignissen, es war die erste zu Dienstzeiten des jetzigen Staatsanwalts. Dieser hier hatte gegen die zu vollstreckende Todesart seine Bedenken. Ob die Guillotine, wegen des unverzüglich eintretenden Exitus, nicht menschlicher wäre? Begann man nicht auch schon in den USA, über Hinrichtungsformen nachzudenken? Natürlich, Todesstrafe mußte sein, allein wegen des belehrenden Effektes auf das Volk, der zugegebenermaßen am ehesten durch den Galgentod, durch das Schaukeln der Leiche vor aller Augen, zu erzielen sei. Allerdings sollte die Angelegenheit bedächtig, in aller wissenschaftlichen und publizistischen Breite, diskutiert werden. Das Herz des Staatsanwalts schlug in gleichem Maße für Gedankenfreiheit wie für Einhaltung der Gesetze.

Zu diesbezüglichen Überlegungen fehlte jedoch im Augenblick die Zeit, denn das Ereignis selbst begann über den geplagten Diener der Obrigkeit hinwegzurollen. Er las noch einmal die entsprechenden Abschnitte der Strafprozeßordnung durch und vertiefte sich in die Richtlinien zum Strafvollzug, doch alles, was bei dieser Lektüre heraussprang, war wiederum nur das Wissen, daß er selber, der Staatsanwalt, sich um jede Lappalie bis hin zum letzten Schnaufer des Schwerverbrechers zu kümmern habe.

»In diesem Land ist Arbeit ein Unglück!« stöhnte er.

Hayri war Muslim, das heißt, Hayris Vater hatte bei dessen Geburt ins Personalregister ›Islam‹ eintragen lassen. Wir lassen doch jetzt hoffentlich nicht sein Ableben auf einen islamischen Feiertag fallen? Nein, Gott sei gelobt. Der Termin ist untadelig.

Die Erhängung war vor einem Ausschuß durchzuführen und derselbe zur Ausfertigung eines Protokolls anzuhalten. Das haben wir getan, bei Allah. Briefe ergingen an die Oberste Strafkammer und an das Gericht, das mit dem Fall Hayri befaßt gewesen war. Da der klinische Tod des zu Hängenden von fachlicher Seite überprüft werden mußte, war auch ein Gerichtsmediziner bestellt. Ebenso war die Gefängnisverwaltung mit einer Kopie des Einladungsschreibens bedacht worden, da die entsprechenden Bestimmungen den Leiter der den Straffälligen zuletzt betreuenden Haftanstalt als Mitglied der Kommission vorsahen. Ein gewichtiger Punkt war die Wahrung von Ordnung und Sicherheit während der Massenveranstaltung. Der Staatsanwalt, der ein belesener Mann war und alle einschlägigen Abhandlungen zum Thema studiert hatte, erinnerte sich an Panik und Prügelei bei einer Hinrichtung im Jahre 1807 in London, die hundert Todesopfer forderte. Überliefert waren auch reihenweise Taschendiebstähle im Augenblick des höchsten Entzückens und der tiefsten Erschütterung des Volkes, dann nämlich, wenn der Sterbende am Seil hochfuhr und die Ermahnung zu sündfreiem Leben alle Herzen durchflammen sollte, von welchem Staat und an welcher Stelle der Welt auch immer solche Lehre erteilt worden war. Zur Vermeidung all dieser genannten mißlichen Nebenschäden hatte er, der Staatsanwalt, im Einklang mit den Vorschriften die Kommandantur der Gendarmerie benachrichtigt. Daß die Staatssicherheit verständigt war, ist unnötig zu erwähnen. Es war ferner für die Bereitstellung eines Leichenwagens gesorgt worden. Weil die Dinge nun einmal so standen, daß der Vater des Betroffenen dessen geburtsurkundlicher Registrierung den Vermerk ›Islam‹ hatte anfügen lassen, durften keinesfalls die religiösen Angelegenheiten vernachlässigt werden, dergestalt, daß etwa der Mufti nicht um die Entsendung eines Imams ersucht worden wäre. Sogar die Städtische Friedhofsverwaltung war einbezogen, denn schließlich mußte die Leiche irgendwann irgendwo unter die Erde kommen.

Das war noch nicht alles. Die Rechtsordnung verlangte, daß sämtliche Verwandten ersten Grades des Betroffenen geladen würden. Nun war allerdings die Mutter Hayris schon bei der Bekanntgabe des vom Revisionsgericht bestätigten Todesurteils einem Herzschlag erlegen, und nach weiteren Familienangehörigen war zwar geforscht worden, doch keiner hatte sich gemeldet.

Höchstens in einer einzigen Sache wartete ein obskures Versäumnis. Von Rechts wegen war der Verteidiger Hayris zu allen Maßnahmen zugelassen und von selbigen frühzeitig in Kenntnis zu setzen. Trotz sorgfältiger Recherchen in den Prozeßakten hatte man aber keinen Namen eines Verteidigers ausmachen können. Wohl hatte es in der ersten

Vernehmung einen gegeben, der dann aber die Verteidigung aufkündigte. Ein Nachfolger war offenbar nicht bestellt worden.

Der Staatsanwalt dachte in Anbetracht der erdrückenden Fülle dieser Akten und Fakten über das Buch nach, das, mit Gottes Hilfe, sein Lebenswerk krönen sollte. Es hatte sogar schon einen Titel: *Sorgen und Nöte des Vollzugs aus der Sicht des Vollziehenden* – ein schöner Titel für ein Sachbuch! Der Staatsanwalt ging so weit, sich alle Einzelheiten und möglichen Hindernisse des Vertriebs vor Augen zu halten. Wahrscheinlich war Einzelversand angebracht, beziehungsweise die Kollegen in der Provinz konnten mit Lieferungen von je zehn oder zwanzig Exemplaren zufriedengestellt und auf den Stand der Gegenwartsproblematik gebracht werden. Letztlich möchte jeder noch so schlichte Staatsanwalt einmal vor der Hürde stehen, einen Menschen hinrichten lassen zu müssen, und folglich werde das zu schreibende Buch sich über Absatzmangel nicht zu beklagen haben. Es ging auch darum, den Lesern klarzumachen, daß eine Hinrichtung eine menschliche Handlung ist. Welche Umstände immer den Täter in sein grauses Schicksal getrieben haben mögen, am Ende soll er dastehen und ausrufen: Ihr habt mir meinen letzten Augenblick leichtgemacht! Gott gebe euch Gesundheit und langes Leben!

So neigte sich der Tag, und als unser Staatsanwalt noch einmal alle erledigte Post und Mappen mit abzuhakenden Vorgängen durchsah, fiel ihm auf, daß wir das Wichtigste vergessen hatten. War der Henker bestellt? Nein. Also setzte er sich wieder hin und schrieb eine Weisung an die hiermit zu betrauende Abteilung der Staatssicherheit, durch Boten, die Henkersperson aufzuspüren und unverzüglich herbeizuschaffen.

7. Kapitel

Wie der namhafte, zur Hinrichtung des Barbiers Hayri berufene Henker Ali gesucht und gefunden und unsanft seinem Arbeitsplatz zugeführt wird

Es war der dritte Tag, den Hayri in Erwartung des Galgens im Verbringungsraum Kapali einsaß. Der Justizapparat beeilte sich mit der Erledigung der Formalitäten. Man war bereits mit der praktischen Beschaffung der Exekutionsmittel befaßt. Allem voran fehlte der Galgen. Wie kann ein riesengroßer Galgen aus den Magazinen verschwinden? Der Staatsanwalt zeterte mit dem Gefängnisdirektor. Das ist doch nicht eure erste Hinrichtung! Man wird doch den Vorigen nicht an einem Fleischerhaken aufgehängt haben! Los, sucht den Galgen!

Der Gefängnisdirektor verwies darauf, daß man in den feuchten Abstellgelassen hinter dem Kerker lediglich zwei Stützen des Galgens entdeckt habe, die dritte sei unauffindbar und auch von den zweien die eine gänzlich morsch. Die könne keinen Erhängten tragen, geschweige, wenn er zappelt. Des weiteren habe man Schrauben, Muttern, Bolzen, Stifte und kleinere Eisenteile gesichert, alle verrostet. Der Staatsanwalt wollte schreien, aber er brachte kein Wort heraus. Eine sperrige Holzstütze, einfach weg! Die hatte doch jemand verheizt! Man konnte einen neuen Galgen bauen, aber es war zu spät. Jeder hatte hier schon seine zwei Füße im selben Pantoffel stecken. Also wenigstens eine Stütze. Aus was? Latten? Bretter? Unsinn, Kantholz. Ein richtiger Balken, zum Teufel, am besten gleich drei.

Was noch war vonnöten? Henker Ali würde es wissen. Henker Ali war ein Meister seines Fachs. Wie ein geschickter Beschneider zu Werke geht, um ein Kind kaum merken zu lassen, daß er das, womit es pinkelt, soeben mit dem Messer traktiert, so locker und gleichsam leichthin, hieß es, befördere auch Ali seine Opfer aus dem Leben. Darum: »Wo ist Ali? Der müßte doch längst hier sein!«

Der Gerichtsschreiber bedeutete, er habe die Sicherheitsbehörde schriftlich verständigt.

»Vergiß den Brief! Briefe werden nicht vor einem halben Jahr beantwortet! Soll man den armen Burschen so lange auf den Strick warten lassen?«

Der Gerichtsschreiber habe nicht den Postweg beschritten, sondern das Schreiben eigenhändig zugestellt.

»Die Nummer! Ohne Registriernummer findet keiner mehr den Absender heraus! Bis zum Jüngsten Tag nicht!«

Der Gerichtsschreiber habe auch auf Registrierung geachtet und die Nummer eintragen lassen.

»Sehr gut, mein Sohn! Bloß, wo bleibt der Henker? Ein Sünder sieht seine Stunde, und kein Henker weit und breit!«

Der Staatsanwalt wählte die Telefonnummer der Sicherheit. In Mehrfacheinsätzen, so teilte man ihm mit, sei die Polizei dem Gesuchten auf der Spur, bisher erfolglos. Nein, einen anderen Henker gebe es nicht. Die Fahndung werde in großem Stile fortgesetzt.

Der Staatsanwalt, den Hörer auflegend, versank in Gedanken. Ein einziger Henker im ganzen Land ... Und Hunderttausende Arbeitslose ... Der übermüdete Staatsanwalt kam auf die Nöte des Augenblicks zurück. »Wenn man diesen Ali nicht findet ...!«

Es sei auch noch der Strick zu beschaffen, bemerkte der Gerichtsschreiber. Er selber, in seiner Zeit als Oberaufseher bei drei Hinrichtungen beteiligt gewesen ...

»Der Strick? Himmel, ja, der Strick!«

Er kenne sich aus und wisse, daß es ein ziemlich dicker Strick sein müsse.

»Wie dick? Wie ein Schiffstau? Gibt es keine Normen dafür?« Allzu dick nicht, dann sitze er nicht am Hals.

»Wie dünn also? Doch wohl keine Packschnur!« Am besten kaufe man ihn nach Augenmaß. Er solle ja nur einen Menschen tragen.

»Und wie lang, bitte? Wenn er zu kurz ist, sind wir blamiert! Hinten kann er ruhig ein Stück herunterhängen, das schadet nichts!«

Vielleicht fünfzig Meter ...

»Fünfzig Meter! Damit knüpfe ich fünfzig Kerle auf!«

Das letzte Mal habe der Henker Ali fünfzig Meter Strick angefordert.

»Dann muß doch noch was davon übrigsein! Wo sind die Strickreste?«

Strickreste meine der Herr Staatsanwalt?

»Genau! Sonst noch etwas?«

Nur das Olivenöl. Ein Kanister genüge.

»Olivenöl? Ein Kanister? Wir schicken uns an, einen Schuldigen zu erhängen, nicht in Öl zu ersäufen!«

Es gehe nicht darum. Günstiger wäre es, wenn der Herr Staatsanwalt zwei Kanister genehmige. Ali habe am Vorabend des Vollzugs den Strick in Öl einzuweichen, damit er sich vollsauge und geschmeidig werde. Andernfalls tauge er nicht für das Knüpfen und Anziehen der Schlinge.

»Es reicht! Schreib alles auf eine Liste!«

Der schwierigste Punkt war der, aus welcher Kasse solche Ausgaben zu bestreiten wären. Das Steuerjahr ging zu Ende, der Etat war erschöpft. Das Ministerium hatte Sparmaßnahmen verfügt. Im Verzeichnis der abrechenbaren Hinrichtungsmittel waren Posten wie Galgenstützen, Seil, Olivenöl nicht aufgeführt. Zwar, verbuchen könne man sie, etwa unter ›Sonstige Ein- und Ausgaben‹, Paragraph 15129 des Haushaltsgesetzes, doch wo nähme man schlicht das Geld her? Man müßte einen Vorschuß beantragen. Nur, morgen war der Termin! ... Der Gerichtsschreiber galt als Finanzexperte, ja, als Kostendeckungsvirtuose. Bewohnte er doch ein Haus, dessen Miete dreimal so hoch war wie sein Gehalt. (Übrigens war er es, der seinerzeit für Hayris Inhaftierung die Daten lieferte.) Ohnehin erregte seine Bescheidenheit, mit den niederen Pflichten eines Schreibers vorliebzunehmen, seit längerem Bewunderung. Er hätte Bankdirektor, wenn nicht Finanzminister werden können. Ob dieser Stuhl hier, solide, unumstößlich, ihm die meisten Extrazuwendungen einbrachte? Kurzum, er erklärte dem Staatsanwalt, wie alles zu machen sei. Als erstes schreibe der Gefängnisdirektor einen Brief an den Herrn Staatsanwalt, in dem er um einen gewissen Vertrauensmann bitte, welchem gleichzeitig die finanzielle Abwicklung der Vollstreckungsmaßnahmen zu übertragen sei. Der Staatsanwalt werde das Schreiben mit seiner Befürwortung an die Hauptkasse weiterleiten, sprich: an den Wali persönlich, dessen Bestätigung der Ernennung des gewissen Vertrauensmannes gleichkomme. Selbiger (wie immer er heiße) hebe die notwendigen Beträge umgehend bei der Kasse der Staatlichen Rechnungskanzlei ab. Es bleibe nur die pünktliche Rücksendung der Belege an eben genannte Kanzlei – alles in allem ein geringer Arbeitsaufwand, gänzlich im Einklang mit den Allgemeinen Buchführungsbestimmungen.

»Aufrichtigen Dank! Was kostet nun der ganze Galgenkram zusammen? Wieviel Vorschuß beantragen wir?«

Mehr als eintausend Lira würden, nach den Bestimmungen, nicht als Vorschuß gewährt.

»Nur eintausend Lira? Da kauf den Strick aber nicht zu lang! Auch nicht zu dick! Das Öl braucht nicht von der teuersten Sorte zu sein! Schließlich mischen wir keinen Salat an. Warte, da war noch etwas. Ach ja, der Henker Ali. Ohne den Strolch läuft nichts. Ruf gleich noch mal die Sicherheit an. Haben wir in der großen Türkischen Republik wirklich nur diesen einzigen Zigeuner mit Henkerausbildung?«

Die Polizei befand sich mit allen Kräften im Einsatz, doch von der besagten kostbaren Person war nach wie vor keine Spur zu entdecken. Sämtliche bekannten oder auch nur vermuteten, zweifelsfreien wie fragwürdigen Aufenthaltsorte des Vermißten wurden in Betracht gezogen. Schließlich, unter Aufbietung weiterer Spitzeleinheiten privat und inkognito, fand man ihn in einer Höhle der eingestürzten Stadtmauer zwischen Edirnekapi und Topkapi in wahrhaft majestätischer Lage, nämlich seinen Rausch ausschlafend. Der Henker Ali hatte die Angewohnheit, zwischen den immerhin recht seltenen Hinrichtungsdiensten durch Schwarzschlachten räudiger Esel und hinfälliger Pferde, die anschließend als Kalbfleisch verkauft wurden, ein Zubrot zu verdienen, welches er augenblicks in gefärbten Spiritus, ansonsten bei Möbelpolituren angewandt, umsetzte. Von diesem Getränk hatte er nahe dem Schlachtplatz, der sich ebenhier in angegebener Höhe der Mauer befand, einige tiefe Schlucke getan, obendrein einen Doppeldreher aus Haschisch geraucht und war wie ein König eingeschlafen. Den gewiß nicht zimperlichen Männern gelang es nur durch kräftige Fußtritte, ihn zu wecken. Das heißt, er wurde zwar wach, verstand aber nicht, beziehungsweise, als er verstand, weigerte er sich mitzukommen.

Wovon man ihn, als einzig Befugten und Sachverständigen eines anstehenden Staatsaktes, nicht entbinden könne.

Auch die verehrten Polizisten täten ihre Arbeit nicht nur um hoher Ideale willen, sondern gegen Entgelt. Er jedoch, Ali, sei für die zwei zurückliegenden Hinrichtungen bis heute nicht bezahlt worden. Das heißt, er sitze seit Jahren mittellos da. Von Amtszimmer zu Amtszimmer sei er gelaufen, vergeblich. »Keine Mittel bewilligt«, »Kein Geld verfügbar«, »Fragen Sie nächstes Jahr wieder nach.« Sollen sie ihn, Ali, selber henken. Er henke nicht.

Henker Ali schimpfte so fort, und die Polizisten schickten sich an, aus Pflichterfüllung, den hohen Mann einzuwickeln, auf die Schultern zu laden und zum Wagen zu schleppen. Ali, teils wütend, teils vergnügt sowie tief im Bann des Haschischs, Sorte ›Blondine‹, krähte die ganze Fahrt lang und noch im Gebäude der Staatsanwaltschaft, während man ihn die Treppe hinauftrug wie einen Torhelden: »Brüderchen! Ihr könnt mich zum Galgen zerren, aber den Strick faß ich nicht an! Wozu soll eine Hinrichtung taugen, wenn der Henker sein Geld nicht bekommt? Das hieße, einen Bürger für nichts und wieder nichts töten! Schade um diesen Menschen! Ja, welch ein Unrecht! Laßt mich wenigstens den Nachlaß des Burschen behalten! ...«

Neben den drei Gewalten Legislative, Exekutive und Gerichtsbarkeit stellte auch die ›vierte Gewalt‹ (manche nannten sie die ›dreikommafünfte Gewalt‹), nämlich die Presse, insbesondere die Tagespresse, alle Kräfte in den Dienst des vordringlichsten Staatsanliegens, das da hieß: Hinrichtung des Barbiers namens Hayri. Die Termine waren bekanntgegeben, Gründe und Umstände des Verbrechens –

wann, wie, wo und weshalb geschehen, aus der Sicht des Täters sowie der Untersuchungsbehörden, per Foto, Zeugenaussage beziehungsweise Geständnis – zu wiederholten Malen aufgerollt und zusammengefaßt worden. Der Effekt beim verantwortungsbewußten Leser war der, die Wiedereinführung des Scheriarechts zu verlangen, welches die getreue Gleichung von vorsätzlich beschädigtem und gemeinschaftlich gerächtem Leben vorsieht. Einzelne boten sich an, das Gesetz des ›Blut um Blut‹ eigenhändig zu erfüllen, und erklärten zu sämtlichen bei der Exekution, bis hin zum Strickziehen, anfallenden Diensten ihre Einsatzbereitschaft.

Selbstverständlich hatten auch Sach- und Fachbücher den Fall aufgegriffen. *Abartigkeit und ihre psychischen Ursachen, Pervers sein – Was ist das?, die gleichgeschlechtliche Liebe im Spiegel ihrer strafrechtlichen Sanktionen, berühmte Päderasten der Weltgeschichte, können Homosexuelle heiraten?* – mit solchen und ähnlichen Titeln, im Eildruckverfahren hergestellt, überschwemmte die dreikommafünfte Gewalt die Wißbegier breiter Käuferschichten.

Indessen stand bei groß und klein der Wunsch obenan, den Schänder von Ehre und Tugend mit eigenen Augen am Galgen wehen zu sehen. Entferntere Bevölkerungsteile, wie die Bewohner Yalovas, Catalcas, der Prinzeninseln, rückten bereits massenweise in Istanbul ein. Pensionen und Herbergen, mit Ausnahme der Luxushotels, waren überfüllt. Wer irgend Verwandte oder Bekannte in der Innenstadt hatte, versuchte beizeiten, dort Quartier zu machen. Leider wurden zahlreiche Reisewünsche durch Briefe etwa folgenden Wortlauts durchkreuzt: »Heißgeliebter Vetter! Verehrte Base! Endlich wollt Ihr einmal unsere bescheidene Hütte mit Eurer Anwesenheit erleuchten! Willkommen! Unser Haus ist das Eure! Nur, diesmal haben sich schon mein Schwager, meine Schwiegermutter, mein eigener Bruder sowie seine drei Kinder, seine Frau und deren Schwester angesagt ... Mir selbst bleibt nur ein Schlafplatz neben den Mülltonnen im Hof. Ich bin untröstlich ...«

Inzwischen wurde der Staatsanwalt von einer neuen Sorge geschüttelt. Hatte er doch versäumt, eine Schrifttafel in Auftrag zu geben, groß genug, um das gesamte Todesurteil aufzunehmen, in deutlichen Buchstaben, weithin lesbar, und klein genug, um auf Hayris Brust zu passen. Solche Tafeln wurden seit Menschengedenken dem Aufzuknüpfenden um den Hals gehängt. Der Staatsanwalt ließ sich in barscher Eile ein Dutzend Entwürfe vorlegen und traf seine Entscheidung. Es war wahrlich nicht leicht, Staatsanwalt zu sein, noch dazu in der gewaltigen Stadt Istanbul. Der Staatsanwalt wußte um die Unverzichtbarkeit der Todesstrafe für die Aufrechterhaltung von Zucht und Ordnung, ja, für den Erhalt des Staates schlechthin, zur Bestrafung begangener und Vermeidung geplanter und geschwanter Verbrechen, dennoch, schlicht aus Müdigkeit und Abgespanntheit mochte der Staatsanwalt gelegentlich der Abschaffung der Todesstrafe das Wort reden. Sollte sie beibehalten werden, waren zumindest die Vollstreckungsbedingungen, zugunsten des Vollstreckenden wohlgemerkt, zu erleichtern.

Der Staatsanwalt begab sich zum Gefängnis, um nachzuprüfen, ob dort alles lief. Das Gefängnis bot zumindest die Freude des aufgefundenen und sicherheitshalber im Verwaltungsgebäude verwahrten Henkers, der allerdings nicht abließ zu lamentieren, er habe sein Geld nicht bekommen, zwei Exekutionen seien noch offen, selbige solle man umgehend in vereinbarter Höhe, die morgige dagegen mit gehörigem Zuschlag vergüten, schließlich kletterten die Preise allgemein, die Gehälter der Staatsanwälte nicht minder, warum also nicht der Lohn fürs Strickziehen, das er im widrigen Falle verweigern werde.
Im Büro des Gefängnisdirektors, wo dem Staatsanwalt von der Widerspenstigkeit Alis berichtet wurde, saß, wie durch Zufall hereingeschneit, auch der Gerichtsschreiber. Er hörte eine Weile zu, ließ die Herren über leere Kassen klagen, über die Schmach, daß heutzutage ein Staatsanwalt, um einen Verbrecher und Staatsfeind zu beseitigen, schließlich in die eigene Tasche greifen müsse, dann meinte er, man solle ihm den Kerl von Henker nur überlassen. Dem gehe er zum Mund hinein und zur Nase wieder hinaus. Der stehe morgen am Galgen seinen Mann.
»Der Galgen! Was ist mit dem Galgen?«
Gefunden und repariert.
»Und der Standort?«
Abgezäunt und gesäubert.
»Himmel, der Strick!«
Passend beschafft.
»Da war noch dieses Olivenöl ...«
Ein voller Kanister stehe im Waschraum.
»Großartig!«

Ferner sei die Schrifttafel fertig, gelocht und mit einer Schnur versehen, weit genug, daß ein Kopf hindurchpaßt.

Der Staatsanwalt ging vergnügt nach Hause, ebenso der Gefängnisdirektor. Dem Schreiber stand das Schwierigste noch bevor. Doch am Ende, nachdem er dem Henker Ali eine Folge köstlicher Speisen aufgetischt, ihn mit Haschisch verwöhnt und ihm ein paar weitere Genüsse verschafft hatte, die wir hier übergehen möchten, als er ihm schließlich ins Ohr schrie: »Wer hier das Geld hat, bin ich! Bei mir bist du an der richtigen Adresse!«, da faßte Ali ein Zutrauen und gelobte, den Sünder des morgigen Tages ohne Federlesens zu henken.

Der Staatsanwalt aß mit Frau und Kindern zu Abend, las noch einige Zeilen in einem Buch und legte sich schlafen. Er hatte für seine Familie die besten Plätze reserviert, damit sie eine Lehre fürs Leben ziehen und vor Vaters Macht erschauern sollte.

Dem Gefängnisdirektor erging es nicht ganz so glücklich. Als etwa der zwanzigste Nachbar auftauchte, um Sonderplätze zu erbetteln, rettete er seine Nachtruhe nur mit dem Hinweis, er müsse sogar eine eigene Familie zu Hause lassen.

Kein Wächter noch Aufseher tat in diesen Stunden ein Auge zu. Es war eine sternklare Nacht. Wie ein Tüllschleier das Gesicht einer Schönen abwechselnd verhüllt oder freigibt, so deckten leichte Wölkchen den Mond, um ihn wenig später wieder in voller Blöße erstrahlen zu lassen.

Fernab von dem allem, in seinem nach fauligem Stroh und Pisse riechenden, stockschwarzen Kellerloch, dachte der Barbier Hayri an Istanbul und an sein Leben. Wie viele Briefe wurden jetzt geschrieben, wie viele Frauen warteten auf ihre Liebhaber, wie viele wurden soeben geschwängert, in wie vielen Betten ging es heiß zu … Entjungferte strichen selig über die Blutflecken auf ihren Laken. An den Hauswänden flackerten Lichtreklamen. Arbeiter schwitzten bei der Nachtschicht. Ein Student las ein Buch über Sexologie. Ein pensionierter Beamter las Victor Hugo. Etliche starben. Etliche hofften …

Der Henker Ali hatte nun wieder so richtig Lust zum Henken bekommen. Im Dienstraum des Nachtwächters hatte man ihm ein Bett aufgeschlagen. Doch da die Exekution für die Stunde der Morgendämmerung angesagt war, hieß es, schleunigst ans Werk zu gehen. Vor allem war der Strick einzuweichen. Du glaubst nicht, Brüderchen Nachtwächter, wie geschmeidig rauhes Seil wird, wenn es die ganze Nacht in Öl liegt. Erst dann taugt es zum Henken. Dieser Beruf hat Feinheiten, Brüderchen. Warum wohl gibt es nur einen einzigen Henker in Istanbul? Legionen Unwissender glauben, Hinrichten bedeutet, einem Stuhl einen Tritt zu geben, damit der umfällt und der zu Hängende, der vorher darauf stand, den Strick um den Hals, im Leeren baumelt. Nein, darum geht's nicht. Auf den Knoten kommt es an. Wer sich Henker Ali nennt, der kennt elf Knoten, und die noch verschieden eng oder locker. Kein Matrose kann da mithalten. Jedem sündigen Nacken der passende Knoten! Und die Wahl des Knotens, Brüderchen, trifft niemand anderes als allein Henker Ali! Egal, was im Todesurteil geschrieben steht! Mag ich den Armen, leg ich den Strick so, daß er gleichsam zusammenschnurrt und der Gehängte die Erleichterung des Todes augenblicks spürt. Mag ich ihn nicht, schling ich ihn kunstvoll, daß er in zahllosen Windungen langsam sich zuzieht, während das Opfer erbärmlich minutenlang mit Armen und Beinen strampelt, ohne sterben zu können. Dann sollst du die Menge brüllen hören. O dieser Verruchte! Das Unmaß seiner Greueltaten hält ihn auf Erden fest!

Der Nachtwächter sagte, es sei an der Zeit, zur Tat zu schreiten.

Sie gingen zum Waschraum. Der Strick lag bereit, aber das Olivenöl war verschwunden. Ein ganzer Kanister Öl, auf dem Schwarzmarkt gekauft und weiß Gott nicht vom Nachtwächter, dessen Monatslohn hierfür nicht hingelangt hätte, vor wenigen Stunden hier abgestellt, im Beisein des Staatsanwalts und des Gefängnisdirektors und in gänzlicher Abwesenheit jedweder Gefangener, die ja in ihren Zellen eingeschlossen und durchgezählt waren, kurzum, eins der wichtigsten zur Exekution benötigten Produktionsmittel war fort, schien wie durch eiserne Wände davongeflogen.

Der Nachtwächter schrie: »Exzellenz! Bei Allah! Ich habe es nicht gestohlen!«

Henker Ali und der Nachtwächter verständigten den Oberaufseher. Der kam und überprüfte die Sachlage, doch fiel seine Bemühung, das Öl wiederzufinden, trotz lautstarken Geschimpfes recht halbherzig aus, beinahe so, als sei er der Endgültigkeit des Verlustes gewiß.

Ein Henker wie Ali, seufzte er, werde auch mit dieser Schwierigkeit fertigwerden. Schließlich gebe es öllose Länder auf dem Erdball, wo durchaus der Tod durch Erhängen gepflegt werde. Wie helfe man sich denn da?

Eine verblüffende Frage. Der Henker Ali war in der Laune loszukrakeelen, er spucke auf den Strick! Das reiche schon, ihn einzuschmieren! Schließlich sei ihm, Ali, noch niemand unter den Händen lebendig geblieben! Doch er faßte sich und ließ sein Gewissen sprechen: »Herr Oberaufseher! Eine ungeölte Schlinge gibt dem Zappeln des zu Hängenden nicht nach und kann deshalb brechen. Zweitens rutscht der Knoten, rauh wie er ist, nicht rechtzeitig genau an jenen Punkt des hinteren Halses, der in Höhe der Kehle liegt und deren Durchtrenntwerden sozusagen gewährleistet. Darum könnte, mit Verlaub, die ganze Sterberei schiefgehen.«

Der Oberaufseher schlug vor, den Strick in Wasser weichen zu lassen. Der Henker Ali wußte, daß Wasser eben kein Öl war, jedoch, da blieb keine Wahl und kein Weg, als der Anregung des Oberaufsehers zu folgen. Ali griff nach dem Strick, und ein neuerliches Entsetzen wartete seiner. Der Strick war kaum so dick wie eine Wäscheleine und so kurz, daß man allenfalls eine Ziege damit an einen Zaun binden konnte. Ihr Schufte, dachte Ali im stillen, ihr habt das Öl geklaut, das soll hingehen, aber daß ihr auch das Strickrecht eines Galgenanwärters mißachtet, ist unmenschlich.

Es sah schlecht aus. Der große feierliche Staatsakt der Hinrichtung drohte schändlich zu mißlingen, vor allem zum Schaden seiner, Alis, beruflichen Anerkennung. Ali ließ Wasser in ein Waschbecken laufen und warf den Strick hinein. Er schrie nach Überprüfung des Galgens. Man führte ihn auf die Straße, an die Verladeklappe eines Lastwagens, wo eben die Galgenteile verstaut wurden. Während man die Stützen an ihm vorbei ins Innere des Fahrzeugs schob, befühlte er sie mit den Händen. Zwei waren glatt und brauchbar. Die dritte hatte eine aufgeweichte, zerbröselnde Oberfläche, wie von Schwamm oder Würmern zerfressen. Ali schickte ein stummes Geheul hinaus in die Nacht, die fast herum war. Doch war er noch Ali, der Henker, dessen Ruhm über die Grenzen des Landes ging. Er würde das Unheil zum Besten wenden. Er würde einen so kunstvollen Knoten schnüren und diesen mit solcher Raffinesse dem Nacken des Opfers anpassen, daß, ehe die Welt zusammenstürzte, Barbier Hayri erstickt sei.

8. Kapitel

Wie der ehr- und ruchlose Barbier Hayri an den Galgen kam, welche Vergnügungen der letzte Tag des Hinrichtungsspektakels bereithielt und wie das Volk aus dem Fall seine Lehre zog

Als früh um fünf alle zur Aufrichtung des Galgens notwendigen Geräte mit Lastwagen zur hierfür vorgesehenen Stelle des Sultan-Ahmet-Platzes transportiert und abgeladen waren, hatte sich bereits eine riesige Menschenmenge versammelt. Es war finster, die Sonne noch nicht aufgegangen. Einige trugen Taschenlampen, andere Druckluftlampen, etliche hatten Fackeln entzündet. Nicht wenige waren in Mäntel und Decken gehüllt, was darauf hinwies, daß sie, wie vor Fußballstadien üblich, schon die Nacht hier verbracht hatten, um nahe dem Galgen den günstigsten Platz zu erwischen.

Die Aufrichtung des Galgens oblag den Gendarmen der Haftanstalt.

Die Menge wuchs. In dieser Stunde der Morgenröte schrien die Dolmuschfahrer in Taksim, Aksaray, Beyazit, ja sogar in entfernten Vororten wie Bakirköy oder Zeytinburnu:

»Zur Hinrichtung!«

»Ein Platz frei zur Hinrichtung!«

»Noch zwei Personen zur Hinrichtung! Los,

springt auf!« Weitere Tausendschaften füllten den Ort des Geschehens, wie Gießbäche strömten sie aus den Seitenstraßen. Genaugenommen tobte das Fest schon seit dem Vorabend, denn welcher gewitzte Händler oder sonstwie auf Gewinn Bedachte wäre so dumm, erst jetzt seinen Meter Stellfläche sichern zu wollen!

Keine Nadel, fallen gelassen, hätte je den Boden erreicht.

Nur vom Barbier Hayri noch keine Spur.

Plötzlich wurde der Strom abgeschaltet, und der Platz lag in der kläglichen Trübe des Morgengrauens. Die Händler, auf solchen Schlag vorbereitet, entzündeten ihre Notleuchten. Man munkelte, daß die Stromsperre auf höhere Weisung erfolge, um mittels vermehrten Gezänks und Gedrängels, Stoßens und Schubsens die Stimmung anzuheizen. Als kurz darauf die Wasserversorgung der Stadt zusammenbrach, wurde ein Komplott der Verwaltung mit den Wasser- und Limonadenhändlern sowie sonstigen Erfrischungsverkäufern vermutet.

Blumen, Fähnchen, Girlanden, Zierschlangen und Luftballons schmückten die Schaufenster, Auslagen und Handkarren noch der engsten Gassen des Stadtteils. Heiße Zimtmilch brodelte in den Kannen, Meere von Tee flossen aus Tüllen in Gläschen und weiter in die Mägen der Durstigen. Klops- und Fischbrater fächelten ihre Holzkohlengrills. Sesamkringel, Blätterteigsemmeln, gekochter Lammskopf, geröstete Maiskolben, Kastanien, weiße Bohnen in Essig, Rosinenpudding, Arche-Noah-Speise wechselten von Stangen, Schnüren, Tabletts, fahrbaren

Herden und zu provisorischen Tischen verwandelten, umgestülpten Apfelsinenkisten in die Münder der Käufer, nicht ohne den ihnen eigenen köstlichen Duft zu verströmen.

Die Korrespondenten ausländischer Zeitungen, die Berichterstatter von Funk und Fernsehen hatten ihre Plätze bezogen oder dieses zumindest versucht. Gelegentlich schossen sie schon Fotos und befragten Schaulustige nach ihren Gefühlen. Besondere Aufmerksamkeit erregte eine Akrobatenfamilie: Vater, Mutter und zwei Kinder. Nach jeder Darbietung sammelte der siebenjährige Sohn Geld unter den Umstehenden ein, wobei er in anrührender Weise die Geschichte vom Seiltod seines älteren Bruders erzählte. Natürlich fehlte auch nicht ein Zauberkünstler, bei dessen Tricks den Zuschauern der Verstand stillstand.

Mit Vorliebe wurde um diese frühe Morgenstunde Essiggemüse genossen nebst gepfefferten Säften, eingelegten Gurken und sauer gebeizten Eierfrüchten. Die Stimmen der Mixed-Pickles-Verkäufer übertönten das übrige dumpfe oder heisere Marktgeschrei.

Allerdings gingen auch sie soeben in einer neuen Sorte Gebrüll unter, das die Masse in Schrecken versetzte und für einen Augenblick jedes Geräusch gewöhnlicher Geschäftigkeit ersterben ließ. Die Morgenpresse war erschienen: Die Zeitungsjungen traten auf den Plan.

Vor allem sei angemerkt, daß die Zuschauer sich aus allen reichen und armen Bevölkerungsschichten zusammensetzten und so für diese Gelegenheit die

Klassengesellschaft abgeschafft und soziale Gerechtigkeit verwirklicht worden war. Ja, in diesem Sinne sollte gerade ein solches Hinrichtungsfest für die Demokratie ein Zeichen setzen. Laß uns krumm sitzen, aber aufrecht sprechen: Vor einer Feier wie der unsrigen verblassen selbst die öffentlichen Lustbarkeiten des Tulpenzeitalters und die Gastmähler aus Tausendundeiner Nacht. Auf keiner Miniatur, die ein osmanisches Massenvergnügen abbildet, sind so viele Vertreter des werktätigen Volkes zu finden, nicht annähernd so viele Hilfsarbeiter, Tagelöhner, Obdachlose, Waisenkinder, Greise, Liliputaner, Strolche und obskure Subjekte, nicht ein Bruchteil der Menge von Bettlern, und zwar echter wie falscher, freier wie angestellter, singender, betender, Koranverse leiernder, kranker, scheinkranker, verkrüppelter oder als Krüppel hergerichteter Bettler allerarten und -orten ...

Ich vergaß, das Angebot an Joghurt und Buttermilch zu erwähnen, welche namentlich dann mundeten, wenn einer sich zuvor an Spießbraten mit Zwiebeln und Paprika gütlich getan hatte.

Kurzum, nach all den Pressionen, Inflationen, Verarmungsraten und sonstigen Niedergängen der letzten Jahre war der Istanbuler Bevölkerung ein derartiges Spektakel, das für jeden eine Gaumenfreude und für den Mittellosesten dieselbige noch als Augenweide bereithielt, aus tiefster Seele zu gönnen.

Die Leute hingen denn auch wie Trauben aus allen Fenstern und Mauerlöchern. An Rahmen und Simsen war grünes Blattwerk befestigt. Ein Dudelsack spielte. Ein griechischer Rundtanz verschlang sich mit einem anatolischen Reihentanz. Trillerpfeifen tirilierten.

Wie hätten da Straßenmädchen fehlen dürfen, die lüsterne Blicke warfen und die Brüste zittern ließen, sowie die dazugehörigen schnurrbartzwirbelnden Mannsbilder, ob Freier, ob Zuhälter. Auch jene Allzuaufdringlichen, denen jedes Gedränge ein Labsal ist, weil sie meinen, ihre Mitmenschen dort ungeniert von vorn und von hinten befingern zu können, trieben sich in Scharen herum.

Aus den Öfen der Mandel- und Kichererbsenröster qualmte schwarzer Rauch.

Ein Junge ließ gegen Entgelt Spatzen frei. Leerte sein Käfig sich, schleppte sein Bruder schon neue heran, die der Vater derweil zu Hause mit der Leimrute fing. Wer einen Spatzen für eine Lira gekauft hatte, schmiß ihn in die Luft mit den Worten: »Sei frei! Herr, erbarme dich meiner im Jenseits!« und wußte fortan durch Vermittlung des Vogels sein Plätzchen im Paradies gesichert. Zugleich war diese Art guter Tat der billigste Spaß, den einer sich leisten konnte. Sogar eine Flasche Trinkwasser kostete mehr als ein Stück ewige Seligkeit.

Kleine Kinder boten Pfefferminz- und Zitronenbonbons feil. Sie riefen: »Frischer Atem! Gegen dikke Luft!« Man durfte Lotterielose erstehen und geschmuggelte Amizigaretten. Ein Polizist, der einen Schmuggler wegen des Getümmels nicht abführen konnte, steckte sich aus Kummer selber eine ins Gesicht.

Marktschreier mühten sich, Koranseiten abzusetzen, auf daß die Leute sich in Gottesfurcht übten und solche Sünden vermieden wie jene, deren Bestrafung man hier in Kürze erwartete. Es waren ferner fromme Traktate, Kalligraphien des Gottesnamens, das Ameisengebet, das die Erträge der Kaufleute steigert, das Rückkehrgebet, das einen entsprungenen Ehemann heil in den Schoß der Familie zurücktreibt, Liebesbriefmuster für die heranwachsende Generation, Volkssagensammlungen und, still dazwischen, Praktische Leitfäden der Sexualkunde im Angebot. All diese Papierberge versperrten die Bürgersteige.

Billigartikel aus Fernost und den USA wurden als ›Schmuggelware‹ gehandelt. Straßenköter trieben ihr Wesen. Karten-, Würfel-, Trick- und Pfundscheinspieler machten die ersten Geschäfte. Nur die Taschendiebe hielten sich noch in Deckung. Ihr Augenblick würde kommen, wenn der Barbier Hayri am Strang hochfuhr und die Menge in besinnungslosem Taumel raste. Vorher galt es, Rasiermesser und -klingen griffbereit, einzelne Opfer auszusuchen und auf den Sitz ihrer Geldbörse sowie den Grad ihrer Verdöstheit zu prüfen. Anders die Wahrsagerinnen, die bereits offen und lauthals ihre Arbeit aufgenommen hatten. Ein Bärenführer ließ sein Tier nach dem Tamburin tanzen und, zum noch größeren Vergnügen der Umstehenden, ein Ehepaar nachahmen, das sich im Hamam auf die Schwitzplatte legt. Nicht zu vergessen die Glücksbriefchenverkäufer samt ihren abgerichteten Hasen und Tauben, die für zahlende Kunden das Glück auf bunten Zetteln aus der Kiste zogen.

Kurzum, liebe Leser, ihr mögt den Lärm des mit zigtausend Menschen angefüllten Platzes in euren Ohren spüren. Dazu Musikanten mit Schellentrommeln, Klarinetten, Zimbeln, Pauken und Hirtenschalmeien ... Gesänge über sehnliche und sinnliche Liebe ... Tänzerinnen mit kreisendem Nabel ... Ein Feuerschlucker mit von den Lippen lodernden Flammen ...

Zwei zur Untersuchung des historischen Ereignisses angereiste Wissenschaftler stritten sich über alt-altaische Traditionen der Clownsschminke, bis ein Passant einwarf, wer hier wie geschminkte Clowns oder Narren aussehe, sei in Wirklichkeit nur im Getümmel des Herwegs in den Dreck gefallen – eine Äußerung allerdings ohne jeden wissenschaftlichen Wert.

Kinder veranstalteten ›Pferderennen‹ auf zwischen die Beine geklemmten Knüppeln und Holzscheiten. Da waren auch ›Geschichtenerzähler‹ wie aus alter Zeit, doch diese hier erzählten von den Vorzügen bestimmter Fleckenentferner, Obstschäler und Mückenvertilgungsmittel, die sie angelegentlich nebenbei an den Mann brachten. Kein Zweifel, daß ihre Redekünste jene der ausgestorbenen Altvorderen weit übertrafen.

Transvestiten sahen ihre Stunde gekommen. In Weiberkleidern und künstlichen Lockenmähnen machten sie auf ›sodomisch‹ girrend und hüftenruckend und mimten auf jede erdenkliche Weise Formen des Liebesverkehrs, wobei ihnen gleichzeitig ablaufende Phallus-Demonstrationen zupaß kamen, frühgriechischen Weinlesekulten nachempfunden, wenngleich hier und heute von halbwüchsigen Jungen nur notdürftig, mit dem Handgelenk auf die Innenhand schlagend, neu aufgelegt.

Natürlich brauchte an einem solchen Tag keiner, den es danach gelüstete, auf Opium, Haschisch und Heroin zu verzichten.

Dennoch breitete sich Langeweile aus. »Wenn es doch endlich losginge! Sollen sie ihn bringen und aufhängen!« seufzten einige. »Es ist schon hellichter Tag!«

Zur gleichen Zeit hatte der Barbier Hayri nicht die blasseste Ahnung davon, wie viele Tausende um seinetwillen ihren Morgen opferten und sich unter derart mühevollen Umständen in Erwartung seiner versammelt hatten. Er saß im Verbringungsraum ›Kapali‹, ohne recht zu wissen, was vorging. Wenn ein Gedanke in ihm war, dann nur an jenen Alten, Meister Ragip, der ihm damals im Paşakapisi-Gefängnis seine Gunst geschenkt und ihn mit Worten wie folgenden erbaut hatte: »Der Mensch ist eine riesige Müllgrube. In jeder Müllgrube, und sei sie noch so faulig und stinkig, befindet sich eine winzige Menge einer edlen Substanz, die Spur eines Stoffes von unschätzbarem Wert, den sie Menschlichkeit nennen ... Der Unterschied zwischen den Menschen rührt daher, daß die Substanz des einen obenaufliegt und strahlt, während die Substanz des anderen bis an sein Lebensende, ohne daß einer sie je ans Licht zöge, unter Schichten von schleimigem und sperrigem Unrat verborgen bleibt ...

Scharre, ohne müde zu werden, in den lebendigen Müllgruben! Hole die vergrabene Substanz heraus und lasse sie glänzen! Schaffe aus der alten, finsteren eine helle, freundliche Welt, in der die Flammen der Menschlichkeit leuchten!«

Hayri gab sich der Stimme in seinem Innern hin und weinte. War er doch fünfundzwanzig Jahre jung und seit vier Jahren eingesperrt. In dieser Zeit hatte niemand ihn Freund, genannt, außer eben jenem Meister Ragip. Ja, die Politischen! Die reden einander immer mit Freund an! Ragip sprach weiter: »Freund Hayri, alles verändert sich ...«

Hayri hatte begonnen, sich Gedichte auszudenken, als er ins Gefängnis kam. Früher hatte er Gedichte aus Büchern abgeschrieben, hefteweis, doch die seinen sollten noch schöner werden. Nur, wie kann einer schreiben, im Dunkeln, ohne Stift und Papier? Also sagte er seine Verse laut vor sich hin, wieder und wieder, um sie nicht zu vergessen, oder sang sie wie Lieder.

Auch jetzt fing er zu singen an und überhörte die Schritte draußen auf dem Gang. Erst als die Türkette klirrte, der Riegel klickte, Stiefel näherpolterten und ihm der Schein einer Taschenlampe ins Gesicht fuhr, wischte er rasch ein paar Tränen am Hemdsärmel ab und fühlte sich von zwei Männern unter den Achseln gepackt. Den einen der beiden erkannte er, es war der Oberaufseher.

An der Stätte der Hinrichtung steigerte sich die Ungeduld zum Tumult. Der Himmel seinerseits hatte längst das Dunkelblau mit dem Blau, das Blau mit dem Rosa und endlich das Rosa mit fahlem hellem Graublau vertauscht. Sage keiner, man habe ein schwarzes Ding von einem weißen nicht unterscheiden können. Aus der Ferne näherte sich ein rotes Fahrzeug. Trupps von Polizisten und Gendarmen bahnten ihm den Weg, doch kam es nur langsam in Richtung Galgen voran. Ebenso zwei Taxis und eine Privatlimousine, die sich im Schrittempo durch die Menge fraßen. Ihnen entstiegen die Mitglieder des Hinrichtungskomitees.

Das rote Fahrzeug erreichte den Galgen. Zwei Gendarmen sprangen heraus, sie halfen dem Barbier Hayri beim Aussteigen.

Zwei weitere Gendarmen folgten. Alle vier waren bewaffnet.

Die Menschenmenge glich einem gewaltigen, sich windenden Reptil, das brummte, keuchte, heulte und sich zuletzt in tobendem Gebrüll hin und her warf. Wer möchte ausmalen, unter welchem Gebalge und Geraufe zumindest die engeren Hundertschaften der das Todesgerüst umringenden Schaulustigen versuchten, das winzige, vor Hayris Brust baumelnde Pappschild zu entziffern, auf dem, hätte Militärpolizei den Ansturm nicht abgewehrt, zu lesen gewesen wäre:

Schuldspruch

Die Todesstrafe, welche die ... Strafkammer gemäß § 450/9 des türkischen Strafgesetzbuches über den bei der Einwohnermeldebehörde der Stadt Istanbul, Revier Sehremini, eingetragenen Bürger namens Hayri, Sohn des ..., schuldig befunden der Unzucht mit dem sowie, zwecks Vertuschens der Tat, der Erdrosselung des sechsjährigen ..., ist vom Revisionsgericht rechtskräftig bestätigt und die diesbezügliche Entscheidung des Parlaments der Türkischen Republik, das Urteil zu vollstrecken, im Staatsanzeiger veröffentlicht worden.

Der Hinrichtungsausschuß hatte unter dem Galgen Stellung bezogen: der Stellvertretende Gerichtspräsident, der Staatsanwalt, der Gerichtsmediziner, der Gefängnisdirektor, der vom Mufti bestellte Imam, der Gendarmeriekommandant, ein Polizeihauptkommissar und, in vorderster Reihe, der Henker Ali.

Im Publikum rätselte man, was der gedankenverlorene Blick des Hayri besagen sollte. Hatte er Angst? Hatte er den Verstand verloren? Bereute, weinte, flehte, schimpfte er? Wer zu keinem Schluß kam, schloß nach eigenem Gutdünken, was in der Seele des Opfers vorging, das da mit auf den Rücken gebundenen Händen zur Rechten des Henkers Ali stand wie ein verschüchterter Schüler, dem soeben ein Preis ausgehändigt wird, in gänzlicher Verwirrung darüber, daß diese wogende Menge ihm zu Ehren erschienen sei.

Laut Vorschrift hatte der Richter das Urteil laut, dem Volk und dem Aufzuhängenden zu Ohren, zu verlesen. Er tat dies, indem er das an Hayris Hals befestigte Dokument ablas, mit aller Sattheit der Stimme, die ihm zu Gebote stand. Für die Dauer der Vorlesung verfiel die Menge in ergebenes Schweigen.

Henker Ali streifte den zum Ring geknoteten Strick, der inzwischen kräftig Wasser gesogen hatte, über den Schädel des Opfers und legte ihn so, daß der Knoten eben dort aufsaß, wo der Hals in den Nacken übergeht. Wie Hayri dem Ali half, wie er den Kopf geschmeidig hin und her bewegte, bis der Strick an die richtige Stelle zu liegen kam, setzte jedes Gemüt in Erstaunen. Wahrlich, als säße einer auf dem Barbiersessel und ließe sich willig das

Tuch um die Kehle winden! Just vor der Hinrichtung durch den Strang könne niemand normal sein, äusserte einer, der zwar selber noch niemals aufgeknüpft worden war, jedoch sich mit Seelenkunde befasst hatte.

Dass Henker Ali seinerseits, sei es durch Schlaflosigkeit, sei es wegen des in Gefängniskreisen reichlich dargebotenen Haschisch, Mühe hatte, die eigenen Hände und Füsse auseinanderzuhalten, und in bezug auf die Widerspenstigkeit des Stricks durchaus des helfenden Beistands von seiten des Opfers bedurfte, entging den Nahestehenden nicht. »Der ist die längste Zeit Henker gewesen!« konnte man murmeln hören.

Der Staatsanwalt gab dem Imam ein Zeichen. Der Imam fragte das Opfer, Barbier Hayri, gemäss überkommener Sitte, was sein letztes Wort sei. Auf des Barbiers Antwort, nämlich: »Wozu. Niemand versteht mich«, sowie auf die Überheblichkeit, die dieser Bursche, den Strick um den Hals, hiermit an den Tag legte, reagierte der Staatsanwalt, ohnehin auf Grund der mit dieser ungewöhnlichen Hinrichtung verbundenen aufreibenden Formalitäten seit Tagen nicht mehr im Besitz seiner Nerven, mit spöttischem Schulterzucken und der Bemerkung: »Versuch's doch. Vielleicht begreift's einer.«

Barbier Hayri sagte: »Was ich glaube, das glaubt ihr nicht. Was ihr glaubt, daran glaube ich nicht.«

Der Staatsanwalt empfand Bedenken, mit einem Minuten später Hinzurichtenden, angesichts des Galgens, einen Disput anzufangen, abgesehen davon, dass solches dem Rang und Rahmen seiner staatlichen Bestallung und Stellung zuwiderlaufen würde, dennoch, er meinte, ein letztes Wort sei, wem auch immer, absolut zuzugestehen, und fragte sanft: »Was soll denn das sein, was du glaubst?«

Hayri: »Ich glaube, daß nichts beim alten bleibt. Daß alles in der Welt sich verwandelt.«

Das war nun allerdings kein unbekannter Standpunkt, und die Ausschußmitglieder schickten sich an, in der Tagesordnung fortzufahren, nur Hayri fügte noch an: »Auch ich habe mich verändert. Vor vier Jahren, als ich das Verbrechen beging, war ich ein anderer. Ihr hängt einen anderen als den, der das tat, was ich getan habe.«

Die Ausschußmitglieder schwiegen. Der Staatsanwalt dachte, dieser Gedanke sei wert, in das Buch aufgenommen zu werden, das er als Summe seiner Berufserfahrung zu schreiben vorhatte. Zwar war die Todesstrafe ein unverzichtbares Mittel, um Wohlstand und Sicherheit des einzelnen wie der Gruppe zu gewährleisten, doch warum sollte nicht jede Ansicht, die dem menschlichen Hirn entsprang, erörtert werden.

Der Imam sprach: »Möge Allah deine Sünden vergeben!«

Hayri dankte und gab zurück: »Deine auch.«

Das war verblüffend. Am tiefsten zeigte sich der Henker Ali betroffen. Die Zahl derer, die er schon aufgeknüpft hatte, war Legion, doch nie hatte sich einer benommen wie dieser hier. Da war Geheul und Gezappel gewesen, Jammern und Zähneklappern. Man hatte uriniert, sich erbrochen und in die Hose geschissen. Psychosen und Lachkrämpfe gehörten zum blanken Alltag. Das hier war neu. Dafür lohnte sich jahrzehntelanges Dienstelend. So einen könnte man ins Herz schließen. Und er schloß ihn ins Herz. Den würde er augenblicks ersticken lassen, ohne daß er noch viel zu strampeln hätte. Er blickte ihm in die Augen und sagte: »Mehr kann ich nicht tun.«

Der Gefängnisdirektor, als Berufsältester, gab Ali das Zeichen. Ali half dem Barbier Hayri auf den Stuhl. Es hätte ein Tritt Alis gegen letzteren folgen müssen, so daß dieser umgefallen wäre und Hayri im Leeren gehangen hätte, wobei durch Zusammenschnurren der Schlinge die Kehle durchtrennt worden und der Tod eingetreten wäre. Indessen, Ali war müde und stand unter der Wirkung des Rauschgifts. Sein Fuß stieß ins Ungewisse, wie der Stiefel eines Fußballers, welcher den Ball nicht erreicht und danebentritt. Dieses Mißgeschick wiederholte sich. Beim dritten Versuch verlor er das Gleichgewicht und landete im Mantel des Imams, was ihm ein kräftiges Aufschlagen auf die Arschbacken ersparte. Als eben der Staatsanwalt, wutgeladen, eingreifen wollte und selber die Fußspitze hob, gelang es dem Henker, den Stuhl zu treffen. Der kippte. Hayri hing und strampelte. Schließlich trat ihm die Zunge aus dem Mund und streckte sich. Aus der Menge ertönte der Ruf: »Es lebe die göttliche Gerechtigkeit!«

Fotoapparate klicken.

Nun war die Reihe am Gerichtsmediziner. Er stellte Barbier Hayris Ableben fest und füllte die Urkunde aus. Anschließend stiegen alle Ausschußmitglieder in die Autos, um zur Gerichtskanzlei zu fahren, wo noch Formalitäten auf sie warteten. Sie hatten ein Schriftstück folgenden Wortlauts zu unterschreiben:

Gemäss § 43 des türkischen Strafgesetzbuches wird die Vollstreckung des Urteils, Tod durch Erhängen, bestätigt und in vier Kopien vervielfältigt, deren eine an der Brust des Erhängten befestigt, die anderen jeweils an den Orten, wo das Verbrechen geschah beziehungsweise wo der Verurteilte sich zuletzt aufhielt, auszuhängen sind.

Unterschrift des Stellv. Gerichtspräsidenten
Unterschrift des Staatsanwalts
Unterschrift des Gerichtsmediziners

Der Streuung der Anschläge lag der Zweck zugrunde, daß auch diejenigen Bürger, die durch Krankheit verhindert waren, an der Hinrichtung teilzunehmen, aus selbiger ihre Lehre ziehen mochten.

Üblicherweise hätte die Leiche gemäß § 68 der Familie übergeben und von dieser ohne jegliches religiöses Zeremoniell unter die Erde gebracht werden müssen. Da aber keine Erben des Barbiers Hayri ausfindig gemacht werden konnten, sollte er zur Stadtverwaltung überführt und durch jene bestattet werden.

Die Hinrichtung war getan, aber die damit verbundene Kleinarbeit nahm kein Ende. Vordringlich mußte die Einwohnermeldebehörde verständigt werden, welche Barbier Hayri in ihrer Kartei führte und nun zu löschen hatte. Nach alledem war das Dossier an das mit dem Fall befaßte Gericht zurückzugeben.

»Das reicht! Jetzt laß uns mal ran!«, »Was soll das Geschubse!«, »Mein Hintern ist kein Geländer, du Idiot!« – während solche und ähnliche Redensarten den Platz erfüllten, machte der Morgenwind Hayris Leiche flattern wie eine Fahne der Gerechtigkeit.

Auch Analphabeten erörterten, welcher Hinrichtungsgrund auf dem für sie unlesbaren Pappschild vor der Brust des Gehenkten vermerkt sein könnte.

»Wegelagerei!«

»Ach was, da war 'ne Braut im Spiel ...«

»Klar, Blutrache und so.«

Ein Päderast, der sich im Getümmel ein Bübchen aufgelesen hatte, hoffte auf dessen Lesekünste, doch vergeblich. Es jammerte nur: »Väterchen, wenn du mir jetzt keinen Klops kaufst ...«

Die Zeitungsverkäufer steigerten ihren Absatz, denn die glühende Sonne war aufgegangen, und im Nu falteten Tausende sich aus Zeitungspapier einen Sonnenhut.

»Wieder einmal ein Feind von Ehre und Anstand weniger unter den Lebenden! Auf daß wir gerettet sind, o Allah!« – derart ihrer Erleichterung Luft machend, verlor sich die Menge vom Freudenplatz.

Sechs Stunden dauerten die Feierlichkeiten. Danach wurde die Leiche abgeknüpft und auf einen Wagen der Stadtverwaltung verladen, wie verabredet. Da keine Angehörigen vorhanden waren, würde nicht zu befürchten sein, daß Bettler, Gebetemurmler, Koransurensänger und andere Elemente gleich Fliegen das Grabloch umschwärmen, um milde Gaben einzustreichen.

Schlusswort

Teure Leser, also habe ich denn, der ich in einem Zimmer eines Hauses im Sunar-Viertel, Stadtteil Ören, Kreis Burhaniye, dieses republikanische Surnâme zu schreiben begonnen hatte, nach mancherlei Pausen und Ablenkungen dasselbe in einem Zimmer des Verwaltungsgebäudes der Nesin-Stiftung, vier Kilometer vor der Kreisstadt Çatalca, wiederum eines Freitags nachts, nämlich am zwanzigsten September neunzehnhundertfünfundsiebzig, um drei Uhr früh zu Ende gebracht.

Heutzutage wird nur noch heimlich gehenkt. Nach der Hinrichtung des Barbiers Hayri alias Bäkker Ali verzichtete unser Staat darauf, die vom Gericht in Yassiada verhängten Todesurteile öffentlich zu vollstrecken. Somit gehen wir auch der Wirkung verlustig, auf diese Weise das Gewissen der Allgemeinheit abzuschrecken und einzuschläfern. Auf grauen Gefängnishöfen, unauffällig und schmucklos, legt man seither den Sündern und Querulanten das Handwerk und diese um. Möge dennoch die Gesittung der Gutherzigen nicht untergehen und die der Halbherzigen kräftig gestärkt werden!

Noch vieles wäre zu sagen. Wir müssen uns ändern und unsere Umwelt auch, wenn uns das Leben lieb ist. Verzeiht mir die Mängel dieses bescheidenen Werkes! Auf Wiedersehen!

Aziz Nesin im Unionsverlag

Der einzige Weg
Roman. Aus dem Türkischen von Brigitte Grabitz
384 Seiten, UT 53

»Den Helden dieses Romans lernte ich 1951 im Paschakapi-Gefängnis von Istanbul kennen. Er war ein notorischer Betrüger und hatte ein eindrückliches Vorstrafenregister. Wie viele Häftlinge war auch er ein meisterhafter Erzähler...« *Aziz Nesin*

»Der einzige Weg‹ verknüpft die Tradition des europäischen Schelmenromans mit orientalischer Erzählkunst, verbindet abenteuerliche Lügengeschichten mit deutlicher Sozialkritik und führt ein buntes Porträt der türkischen Gegenwart vor Augen.«
Badische Neueste Nachrichten, Karlsruhe

»Dieser Schelmenroman von Aziz Nesin gehört gleichzeitig zu den spritzig-amüsantesten und zu den tiefst bedrückendsten Porträts einer Gesellschaft.« *Grénge Spoun, Luxembourg*

»Hinter dem Satiriker Nesin steckt der Moralist Nesin. Mit seinen Büchern will er der Gesellschaft einen Spiegel vorhalten und den Willen zur Veränderung wecken.« *Tages-Anzeiger, Zürich*

»Aziz Nesin erzählt mit Erfindungsreichtum und Akribie, würzt mit Witz und Charme.« *Neue Zürcher Zeitung*

»Aziz Nesin ist ein ungewöhnliches Phänomen in der modernen türkischen Literatur: einerseits tief verwurzelt in der jahrhundertealten osmanisch-türkischen Tradition seines Landes, andererseits ein Neuerer, der in Publizistik und Belletristik die gelegentlich schwankenden Fundamente der republikanischen und demokratischen Türkei nachdrücklich zu stützen verstand.«
Die Zeit, Hamburg

Bestellen Sie unseren kostenlosen Verlagsprospekt:
Unionsverlag, Rieterstrasse 18, CH-8059 Zürich

Türkische Literatur im Unionsverlag

Ferit Edgü
Ein Sommer im Septemberschatten
Die Erzählungen des buckligen Knechts Cakir und die mörderischen Kämpfe der Straßengangs brechen ein in die wohlbehütete Welt des Bürgersöhnchens. 120 Seiten, gebunden

Ferit Edgü
Ein Winter in Hakkari
Die Odyssee eines städtischen Intellektuellen in der Verbannung: In einem archaischen Bergdorf lernt er all das abzustreifen, was er bisher Zivilisation nannte. 240 Seiten, UT 21

Latife Tekin
Der Honigberg
Abenteuerlich-windschiefe Häuser entstehen über Nacht auf der Müllhalde einer türkischen Stadt. Tekin entführt in eine Welt voller Burlesken, Tragödien und Romanzen. 128 Seiten, UT 26

Yüksel Pazarkaya
Rosen im Frost
Einblicke in die türkische Kultur
Ein Handbuch für alle, die sich fundiert mit der Türkei beschäftigen wollen. 280 Seiten, broschiert

Yaşar Kemal
Töte die Schlange
Eine wahre Begebenheit wird zum Stoff einer Tragödie: Wie kann es soweit kommen, daß ein Sohn seine geliebte Mutter tötet? 112 Seiten, UT 60

Yaşar Kemal
Das Reich der Vierzig Augen – Memed III
Kann sich Memed von den Mythen, die sich um ihn ranken, befreien und wieder Mensch werden? 816 Seiten, gebunden

Bestellen Sie unseren kostenlosen Verlagsprospekt:
Unionsverlag, Rieterstrasse 18, CH-8059 Zürich

Eremiten-Presse
Zeitgenössische Litertaur in bibliophilen Ausgaben

Detlev Meyer
David steigt aufs Riesenrad
Prosa. Zeichnungen von Christoph Eschweiler. 160 Seiten, englische Broschur

Detlev Meyer
Ein letzter Dank den Leichtathleten
Prosa. Farbige Offsetlithographien von Christoph Eschweiler. 128 Doppelseiten, englische Broschur

Detlev Meyer
Teure Freunde
Zehn Porträts. Prosa. Farbige Offsetlithographien von Jörg Remé. 112 Doppelseiten, englische Broschur

»Auch ›schwul‹ kann furchtbar normal sein, kleinkariert und langweilig. Doch die Leichtigkeit, mit der Meyer davon erzählt, bewährt sich als Antidot gegen die Ödnis dumpfen Durchschnittwahns. Meyers Humor ist erfrischend trocken, sein diagnostisches Talent von ungewöhnlicher Präzision und der Stil das Gegenteil deutscher Verquastheit. Kurzum: ein Glücksfall für die zeitgenössische Literatur im allgemeinen – unschwer kann sie ohne das einschränkende Beiwort ›homosexuell‹ auskommen.« *FAZ*

Detlev Meyer
Stehen Männer an den Grachten
Gedichte. Farbige Offsetlithographien von Hildegard Pütz. 80 Doppelseiten, englische Broschur

Detlev Meyer
Heute nacht im Dschungel
Fünfzig Gedichte. Farbige Offsetlithographien von Jan Schüler. 88 Doppelseiten, englische Broschur

---

Bestellen Sie den Verlagsprospekt:
Eremiten-Presse, Postfach 170143, D-40082 Düsseldorf